译文经典

邮差总按两遍铃

The Postman Always Rings Twice

James M.Cain

〔美〕詹姆斯·M. 凯恩 著

主万 译

上海译文出版社

导　读

死比爱更冷

（注：不想知道小说剧情及相关细节的读者请在读完小说后再阅读此文）

孔亚雷

我爱读侦探小说。更准确地说，我爱读硬汉派侦探小说。再准确一点说，我**只**爱读硬汉派侦探小说（在侦探小说中）。我不喜欢——事实上是讨厌——阿加莎·克里斯蒂。也不喜欢艾勒里·奎恩。不喜欢迈克尔·康纳利。更不用说东野圭吾。我不喜欢他们的理由，用 V·S·奈保尔的话说（奈保尔讨厌所有的侦探小说），是因为“一大堆矫揉造作遮遮掩掩声东击西的琐碎细节，最后只为了一个无聊虚假的结果”。但硬汉派侦探小说不同。（我不明白奈保尔为什么同样讨厌硬汉派，就像我也不明白他为什么讨厌音乐，孩子和狗。）当然，谋杀和追寻凶手仍然是硬汉派作品中的重要元素，但其中更重要更核心的因素——使硬汉派之所以成为硬汉派的因素——是弥漫在故事中的那种黑色气氛。形成这种气氛的，是刀刃般锋利的句式，是闪烁寒光的冷幽默，是狭窄而风格化的第一人称视角，更是那种特殊的，充满命运感的**绝望**。正是这种绝望（而不是智力和胆量），促使硬汉侦探们在破案时往往更注重行动，而不是推理——他们根本不屑于推理。（据说有位记者在采访雷蒙德·钱德勒时问他，《长眠不醒》中有个重要人物在小说后半部突然不见了，是怎么回事。哦，我把他忘了，钱德勒回答说，我常常写到后面就忘了前面。）他们更多时候不是坐在摇椅上叼着烟斗苦思冥想，而是在街头迷失、等待和误打误撞。如果说他们比我们更强硬更冷酷更耐心，甚至更有智慧，那只是因为他们比我们更绝望。

但硬汉派作品似乎也在告诉我们，绝望并非我们想象的那么糟糕。绝望自有绝望的力量（就像希望也有希望的无能）。绝望也可以成为一种武器——用来对付这个残酷而又荒诞的世界。几乎所有——尤其是优秀的——硬汉派侦探小说都在为我们现场演示这种武器的使用方法，以至于有时候书中的侦探故事看起来就像一个无所谓的演示道具。所以当我们合上一本美妙的硬汉派作品时（比如上面提到的《长眠不醒》），感受到的不是传统英式侦探小说那种解谜或伸张正义的快感，而是一种更富文学性的，淡淡的，动人的心碎。

因此我们也就不难理解，为什么硬汉派比传统的侦探小说离文学更近。事实上，正是在硬汉派的影响下，出现了一些让人耳目一新的文学样式。比如罗贝托·波拉尼奥，这位后现代主义小说大师（《荒野侦探》和《2666》的作者，被称为继马尔克斯之后最重要的拉美作家），曾经半严肃半开玩笑地说他认为当今最好的英语小说家是詹姆斯·埃尔罗伊（美国著名犯罪小说家，风格冷硬极简）。比如村上春树，无论是文体还是故事架设，都深受硬汉派主将雷蒙德·钱德勒的影响。而最有力的证据则是加缪，他公开声称《局外人》的人物和风格灵感来自詹姆斯·M·凯恩的《邮差总按两遍铃》。

很多人——甚至包括硬汉侦探小说的爱好者——都会对詹姆斯·M·凯恩这个名字感到有些陌生，同时又对《邮差总按两遍铃》这个名字感到有些熟悉。这并不奇怪。这是一个作家的某部作品过于有名的结果。作品的光芒掩盖了作者（就像《乱世佳人》。几乎所有人都知道这部小说，但我怀疑有多少人能报出它的作者名字——我就不能）。《邮差》之所以有名，主要有三个原因。一是因为它极其畅销。传记作家罗伊·霍普斯称它"或许是美国出版史上第一部超级畅销书"，而在被波士顿警方因"过分渲染色情和暴力"列为禁书之后，更刺激了它的销量和知名度。它至今仍长销不衰。在某种意义上，跟莎士比亚和《爱丽丝漫游奇境》一样，它已经成为一种经过时间考验的经典文本。二是因为电影。它先后四次被拍成电影，是黑色电影里无法绕过的一个名字。这些电影在世界各地广为放映，以至于有不少人以为它只是一部电影，而不知道它**本来**是一部小说。第三个原因，也是最本质和最容易被忽略的原因，在于它是一部优秀的文学作品。它被公认为硬汉派犯罪小说的巅峰之作，并位列二十世纪百部最佳英语小说之一。跟所有优秀的文学作品一样，它拥有自己独特的声音（正是这个声音影响了加缪），并用这个极其个人化的声音，在读者内心引起了普遍的共鸣。

而詹姆斯 · M · 凯恩这个名字之所以几乎被人遗忘，除了《邮差》太有名之外，还有另一个原因：虽然之后又出版了十几部小说，但无论是销量还是质量，他再也没有写过超越《邮差》的作品。

凯恩 1892 年出生于美国马里兰州的一个爱尔兰天主教家庭，父亲是位著名的教育家（曾任华盛顿大学校长），母亲是名歌剧演员。家庭对他的影响可以用两个词总结：宗教和歌剧。他父母都是虔诚的天主教徒，定期参加宗教聚会（凯恩讽刺他们是“宗教仪式的美食家”），虽然颇有个性的凯恩十三岁时就决定不再信仰上帝，但从出生时起就时刻包围着他的浓厚宗教氛围已经渗入了他的血液，对上帝（以及上帝所附带的道德伦理）那种半信半疑，既抗拒又向往的矛盾心理始终贯穿在他的生活和作品中。此外，凯恩继承了他母亲对音乐——尤其是歌剧——的热爱，在母亲的影响下，他甚至一度渴望成为一名歌剧演员。但同样也是他母亲打消了他这个念头，她告诉凯恩要唱歌剧，他的嗓子还不够好。我们可以想象，听到这话时他该是多么失望。我们也完全可以想象，出于一种移情，歌剧这一艺术形式是如何自觉或不自觉地影响了他的写作（这点我们后面还会讲到）。

1910 年，十八岁的凯恩以优异的成绩从大学毕业，但他不知道自己到底该干什么，或者说想干什么。他试过教书，唱歌，检修公路，推销保险，以及写作。他最终选定了写作。凯恩的写作生涯是从记者开始的，他曾历任《巴尔的摩太阳报》的报道记者，第一次世界大战末期驻法国的战地记者，《纽约世界报》编辑，以及《纽约客》执行主编。他在著名的《纽约客》没呆多久，就因为跟主编不合和更高的薪水而去好莱坞做了编剧。但无论是在他自己看来还是在他的雇主派拉蒙公司看来，凯恩都不是一个好的电影编剧。那是 1933 年——那一年他只挣了三千美元。美国依然笼罩在 1929 年经济大萧条的阴影之中。他已经进入四十岁。在编剧合同到期，开车逛遍了南加利福尼亚，并写了几个引人注目的惊悚短篇之后，在著名出版人诺普夫的鼓励下，他开始写那本将改变他一生的小说。

这部小说的故事原型来自 1927 年发生的一桩谋杀亲夫案。三十一岁，有着“斯堪的纳维亚式冰冷眼神”的金发美女露丝伙同她的情夫，紧身胸衣推销商贾德，用吊画绳勒死了自己的丈夫艾伯特，并企图骗取她之前瞒着丈夫替他买下的个人意外保险金。性爱与谋杀，媒体的连续炒作，加上《纽约每日新闻》上刊登的一张露丝坐电椅的大幅照片，使这个案件一时轰动全美。凯恩小说开始部分的情节设置几乎跟真实案件如出一辙，只是将人物和事件变得更典型化和戏剧化：这次的情夫叫弗兰克，一个喜欢四处流浪，年轻英俊的小混混，小说以他的视角用第一人称叙述；这次的冷美人不是金发而是黑发，她叫科拉，用弗兰克的话说，“除了身段外，她真的算不上什么绝色美人，可她神态忧郁，嘴唇向外噘得老高，我不由得想替她把外噘得嘴唇给捣进去”；科拉的丈夫尼克，一个“软绵绵，油腻腻，个头不高，头发又黑又卷”，没事喜欢吊几嗓子的希腊人，经营着一家加油站、修车铺和小餐馆合为一体的路边小店。通过制造一场假车祸，弗兰克和科拉谋杀了尼克。但与真实的案件不同，这次科拉没有坐上电椅。不仅如此，在同保险公司经过一番曲折惊心的较量之后，他们还获取了一笔巨额保险金。但故事并没有结束，事实上，故事真正的高潮才刚刚开始：从此以后——跟童话里常用的句式正好相反——他们就过上了不幸福的生活。而且那种不幸是如此深切和令人绝望，你甚至会感觉到，他们比坐上电椅的露丝更惨。他们开始互相猜疑，互相伤害，互相折磨，直到最后互相死亡。

凯恩最初想把这部小说取名为《Bar-B-Que》，意思是“户外烧烤”。但出版人诺普夫不喜欢这个标题（凯恩自己大概也不太喜欢）。最终小说定名为《邮差总按两遍铃》。关于这个传奇标题的来源有许多版本。其中比较可信的一个版本是凯恩从露丝案件的法庭告白中获得了灵感：露丝为了让她背着丈夫买下的保险单能秘密送到自己手里，吩咐邮差按两下铃作为信号。但其实来源并不重要。重要的是这个标题不仅奇特，神秘，而且完美地契合了小说的内容和主题。虽然小说中既没有邮差也没有门铃，但有许多“两次”：两次谋杀，两次车祸，两次审讯，两次死亡，甚至两只猫。请注意标题中的那个“总”字，那或许是最能表现命运感的一个副词，它和“两”这个量词一起，暗示了命运的无法拒绝。这里的邮差，当然就是命运之神，而门铃则是被他按响的命运之音。

只要稍加留意，我们就会发现，小说中处处都回荡着这位邮差的门铃声。虽然故事的每一步进展和转折都显得合情合理符合逻辑，但每个人的行为似乎都**不由自主**——弗兰克不由自主地迷上了科拉（“我能闻到她的味道。”这句话像重复装饰音一样反复出现）；他和科拉不由自主地要杀死尼克（“咱们命中注定要杀死他，因为任何别的招咱们都试过了。”）；甚至尼克也好像在不由自主地找死（在第一次浴室谋杀失败之后，弗兰克和科拉决定分道扬镳，各自回到过去的生活，是尼克把弗兰克又一次拉进了自己与科拉之间，并亲手安排了导致自己被害的汽车之旅）。一句话，他们无法控制自己。他们不想那样做，但他们**不得不**那样做。他们不想给命运的邮差开门，他们装作没听见，但邮差总按两遍铃。而当他们打开门，迎接他们的将是命运送来的两件包裹：爱与死。

于是他们先是无法控制地相爱，然后又为了这份爱无法控制地去杀人。然而讽刺（而又意味深长）的是，当他们历经波折，终于将所有爱的障碍——丈夫、法律和贫穷——都一一清除的时候，原来那份似乎无坚不摧的爱本身却坍塌了。

这是为什么呢?

因为死比爱更冷。因为爱，真正的爱，纯粹的爱，比我们想象的更虚幻，更脆弱，更经不起考验。所以在谋杀发生之后，在地方检查官的威逼利诱之下，面对死亡的恐惧，科拉和弗兰克这对坚定的恋人几乎立刻就背叛了对方。面对彼此的背叛，科拉说了这样一段话：

> 咱们只是两个不中用的人，弗兰克。那天夜里，上帝吻了咱们的额头。他给了咱们两个人所能拥有的一切，可咱们就是不能享有那一切的料。咱们享有了全部的爱，但是咱们却承受不住，一下子垮了。那种爱就像是一架大飞机的引擎，它带着你穿过天空，一直去到了山顶上。可要是你把那种爱放进一辆福特汽车里，它就会给震得粉碎。咱们就是这样，两辆福特汽车，弗兰克。

“那天夜里”指的就是他们成功谋杀尼克的那晚。就像一条抛物线，在谋杀实施之前，他们的爱一直处于上升状态（正是这种状态催生了他们的杀意）。为了制造车祸的假象，

> 我先把胳膊缩回去，然后使劲儿朝她眼睛打去。她摔倒了，就倒在我的脚下，两眼闪闪发光，乳房颤动并尖尖隆起，向上直指着我……我们互相睁大眼睛凝视着对方，同时还互相拥抱着，尽可能靠得更紧。那时候，我就算面临下地狱的危险，也不会怎么在意。我一定要得到她，就算给绞死也不在意。

正是在这里，在与死神的短兵相接中，他们的爱达到了抛物线的顶点——然后开始直线下降。所以，与这一夜形成鲜明对比的，是他们逃脱了法律制裁（并骗取了保险金），安然回家的那一晚。同样是做爱（两次做爱——又一个两次），感觉却有天壤之别：

> 我把她的衣服全扯去了……她闭上眼睛，躺在枕头上。她的一缕缕头发弯弯曲曲地落在她的肩上。两眼漆黑，乳房不再是紧绷在一起，正对着我，而是柔软地松散开，形成两大团粉红色的斑痕。她看上去就像是世界上所有妓女的曾祖母。

这是一场爱神与死神之战。当然，死神赢了。尼克的死像高山一样压在他们身上，让他们心神不宁。而他们自己的死——对死的恐惧——让爱瞬间就变成了恨。（因为，就像弗兰克说的，“爱要是与恐惧掺杂在了一起，就不再是爱，而是恨了。”）也许唯一能再次与死神对抗，或者说能让爱神复活的，就是生命——**新的**生命。在经历了六个月的争吵、酗酒、噩梦和猜疑之后，科拉告诉弗兰克她怀孕了。这重新给了他们爱的勇气。他们决心开始新的生活。“那将是甜蜜的吻，”科拉对弗兰克说，“而不是喝得醉醺醺的吻。是带着美梦的吻。是来自生命而不是死亡的吻。”第二天他们在市政厅结了婚，然后去海滩游泳。乳房的形象在这里又一次出现：

一个大浪汹涌而来，把我们托得很高。她把一只手放到乳房上，让我看海浪如何把乳房掀起。“我喜欢这样。它们大吗，弗兰克？”

“我今儿晚上再告诉你。”

“我觉得它们很大。我还没有告诉你呢，怀孕不仅使你知道自己这就要创造出另一个生命来，还使你的身体也起了变化……这是生命。我已经可以感觉到它在里面了。这对咱们俩来说，都是一个新生命。弗兰克。”

但这时邮差再次按响了门铃。从海滩匆忙赶往医院的途中（科拉觉得肚子不舒服），他们发生了车祸——第二次车祸。不过这次是真的。

如果单从情节上看，无论是《邮差》，还是凯恩随后的另两部硬汉派作品《双重赔偿》和《穆德莉》（又译作“米尔菊德·皮尔斯”和“欲海情魔”），都很难说是正常意义上的侦探小说。当然，就像我在开头说过的，硬汉派侦探小说本来就对编造**正常的**侦探故事不感兴趣，但至少哈密特和钱德勒笔下的主角都是私人侦探，叙事也都从侦探的视角出发。而凯恩的这三部小说里根本就没有出现什么像样的侦探角色。它们的主角是罪犯，它们以罪犯的口吻来叙述整个故事，并且这些故事几乎都遵循同样的模式：一个男人爱上了一个女人，然后为了这个女人去犯罪，然后被这个女人背叛（或者互相背叛），最后的结局则都是大团圆式的双双死亡——亲爱的，在天堂见。

奇怪的是，虽然故事乃至人物都有模式化的倾向，这些小说仍然散发出强烈（而且微妙）的悬疑感，这种悬疑比起任何类型的侦探小说都毫不逊色（甚至更胜一筹），你很难不一口气把它读完。它那强劲的阅读推动力主要来自两方面：一是其简洁、硬朗而极富音乐感的语言，它们就像一列夜行火车，闪着冰冷的蓝光，带着铿锵的节奏，风驰电掣地一路载着读者从开头冲向终点；二是通过巧妙的手法，通过对爱、死亡和命运这些人类共同体验的**提纯**，它成功地营造了一种角色认同感。在一次访谈中凯恩说，“我不写‘凶手是谁’的小说。你不能用警察抓到凶手来结束一个故事。我不觉得法律是有趣的惩罚。我写爱情小说。爱情小说的动力基本上是抽象的……（那是一种）代数学。悬疑来自确认你的代数是对的……如果你的代数对，如果进展符合逻辑，却又出人意料，那就行了。”

凯恩所说的“代数学”就是指如何让读者完全融入小说的角色中，如何让读者不知不觉地成为小说角色**本人**。这一点很重要，对任何一部小说都很重要，而当这部小说的主角不是英雄而是罪犯的时候就更加重要。想想电影《邦尼与克莱德》吧。在这部 1966 年上映，开现代暴力电影先河的影片中（总共发射了一百二十多发子弹，超过了之前所有电影发射子弹的总和），主角邦尼和克莱德也是一对犯下命案的野鸳鸯。跟科拉和弗兰克一样，他们既不像才智双全的英雄，也不像阴险凶残的歹徒，他们手忙脚乱，歪打正着，身不由己，在无可奈何中徒然挣扎，而越挣扎就陷得越深，直到再也没法回头。怎么看，他们都像掉进命运陷阱的普通人——就像你和我。所以虽然看上去是罪大恶极的坏人，我们却情不自禁地对他们投以同情和伤感的眼光。我们“喜欢”这些“坏人”，因为他们让我们感同身受。这就是凯恩所说的“代数”。把读者**代入**小说情境中。科拉和弗兰克就是我们，我们就是科拉和弗兰克。他们以一种极端的方式浓缩了我们所有人的人生。那就是：真爱不堪一击，死神将战胜一切，而我们必须接受命运的摆布。死比爱更冷。这就是人生。一如科拉和弗兰克，他们不想那样做，但他们不得不那样做——我们也不想**这样**生活，但我们不得不这样生活。

但更冷的是语调。

绝望——无论是人生的绝望还是爱情的绝望——并不新鲜。新鲜的是对绝望的态度。凯恩之所以跟哈密特和钱德勒一起被称为硬汉派大师，《邮差》之所以影响加缪开创了“零度写作”，就在于小说中对绝望所采取的独特姿态。这种姿态就是以毒攻毒。以绝望对抗绝望——以更深的绝望，比死更冷的绝望。而体现出这种独特姿态的是凯恩使用的独特语言。“大约晌午时分，他们把我从运干草的卡车上扔了下来。”这是《邮差》著名的开头。(它是不是让你想起了另一个著名的开头，加缪《局外人》的第一句：今天妈妈死了。）你仿佛立刻就能听到一个声音，一种语调。这个声音低沉，从容，带着酒精和烟草的沙哑。它干脆利落，没有一点废话。它的语调玩世不恭，充满了讽刺和自嘲，散发出一种冷冷的、富有金属质地的性感。显然，发出这种声音的，是个硬汉。

“硬汉派”中“硬汉”的英文原文为 hard-boiled，直译过来就是“冷酷无情”，而它的字面意思是“煮得很硬”。（所以纽约时报书评在评论《邮差》时称它为“煮了六分钟的蛋”。）这个派别的命名者是美国著名的文学评论家埃德蒙·威尔逊，1941 年在《新共和》杂志上他第一次提出了“硬汉派”这个名字，把包括凯恩在内的一批风格相近的犯罪小说家称为专写“小报谋杀案的诗人”，并认为他们的风格都“源自于海明威”。

虽然凯恩对威尔逊的观点表示不屑一顾（他拒绝承认自己属于任何流派），但跟海明威一样，他也有过做记者和前线参战的经历。这对他语言风格的形成无疑有着重要影响。长期的记者生涯磨炼了他用精简生动的笔法描绘场景和对话的能力。而如果没有在欧洲经过战火和自由性爱的洗礼，他在描写死亡、暴力和爱欲时可能也就不会如此直接有力。（即使在今天，在过了大半个世纪之后，《邮差》中对暴力和死亡场面冷静、精确的描述仍然会让我们感到一种近乎生理性的震颤。）不过，除此之外，影响凯恩语言风格的一个更关键的因素，是他对歌剧的至爱。（正如世上所有的至爱一样，那爱里也带着一丝奇特的恨：那也许就是为什么他在《邮差》中让尼克看上去像一个可笑的歌剧爱好者，没事喜欢吼上几句，甚至在被杀时还在对着山谷吊高音。）我们知道，凯恩最初的理想是成为一名歌剧演员，而不是小说家。当他在舞台上唱歌剧的梦想破灭之后，他就——有意识或下意识地——用笔在纸上唱起了歌剧。如果我们留心观察一下，就会发现，《邮差》中那具有强烈节奏感的叙述和对话，那极简的、仿佛舞台般的人物和场景设置，那充满张力、激烈的戏剧性冲突，都隐隐透出一种歌剧感——它就像一部在纸上演出的**黑色歌剧**。这不禁让我想起大卫·林奇的《穆赫兰道》。虽然表现手法大相径庭（林奇的电影在色彩和叙事上更偏向于巴洛克式的华丽和超现实主义），但它们都制造出了一种震撼人心的黑色歌剧式效果，而且，《邮差》也跟

《穆赫兰道》一样，“在情感的表达上相当复杂，在黑色幽默与悲悯、恐怖与甜蜜、反讽与诚挚间摇摆”（电影评论家詹姆斯·纳雷摩尔语）。

正是这种**相当**复杂的情感表达，使《邮差》在硬汉派作品中显得独具一格，卓尔不群。

无论是海明威还是钱德勒，都不擅长复杂的情感表达。这是硬汉派那“冷冷语调”的软肋。在最好的情况下，它会散发出一种迷人的自我（比如《太阳照常升起》和《长眠不醒》）；在最坏的情况下，它会变成一种矫揉造作的自恋（比如《伊甸园》和《漫长的告别》）。就像詹姆斯·埃尔罗伊所说的，“钱德勒写他想成为的人，而哈密特写他怕成为的人”。写自己想成为的人，有时就难免会故作姿态，把人物理想化，而写自己怕成为的人则不会——他不会为绝望而绝望，只会为抵抗绝望而绝望。后者更真实，更深刻，也更有力量。凯恩显然属于后一种。跟钱德勒笔下的马洛不一样，弗兰克的硬汉形象没有那么自我，那么扁平（按福特在《小说面面观》中的说法，马洛是典型的扁平人物，缺乏立体感，常常让人感到不可信）。相比之下，弗兰克的情感更为复杂，更为摇摆不定（从而也更为动人）：在弗兰克那冷冷的声音背后，藏着一丝挥之不去的恐惧和怀疑。那是对爱与死的恐惧和怀疑。那是对将“爱与死”送上门的命运邮差的恐惧与怀疑。而且那份恐惧和怀疑带着一种既庄严又戏谑的**宗教感**（这种宗教感进一步加强了小说的歌剧效果）。在小说开始后不久，当科拉鼓动弗兰克去杀尼克的时候，他显得犹豫不决（“做那种事会掉脑袋的。”……“他从没有干过什么欺压我的事，他这个人还不错。”）。而随后当他被说服的时候，

> 我亲了她，她两眼仰望着我，闪闪发光，就像两颗蓝色的星星。那样子就像是在教堂里举行婚礼。

这是小说中第一次出现宗教意象——教堂，而这个宗教意象是与爱（婚礼）与死（谋杀）联系在一起的（虽然语调中不无讽刺）。宗教意象的再次出现，是在小说的最后一章，它同样联接着“爱与死”：科拉因车祸丧生后，弗兰克被判了死刑（虽然这次他是无辜的），他并不怕死，他怕的

是死比爱更冷：

> 我心里一直在想科拉……也许，撞车的那当儿，她脑子里还是闪过了是我杀害了她的念头。正因为这样，我才希望自己还有一个来生。麦康奈尔神父说我会有的。我想在来生再见到她。我想要她知道我们彼此告诉对方的话，全都是真心诚意的，我并没有杀害她。

但最终宗教还是没有——也不可能——给弗兰克带来救赎。他怀疑是否真的有所谓的来生。到头来，他唯一相信的还是爱，哪怕那是注定要被打败的爱。凯恩在这里用了一段动人的，几乎令人心碎的回放画面：

> 只要我能不去想，我就感到自己又和科拉到了海水里，头上是那片天空，四周全是海水，我们一块儿谈论着自己会多么幸福，我们的幸福会多么持久不变。我想跟她呆在一块儿的时候，自己已经越过了那条川流不息的大河。那就是来生似乎很真实的时候，用不着麦康奈

尔神父设想出的所有这一套来生的废话。当我和科拉呆在一块儿时，我就相信来生。 当我想到眼前时，一切全都出了毛病。

在小说接下来的最后一段，就像著名黑色电影导演怀尔德（他也是《双重赔偿》的导演）在《日落大道》的结尾处突然让主人公朝向银幕外的观众那样，弗兰克把脸转向了书外的我们，你能感觉到他的眼睛在看着你，你能听到走廊上传来狱警的脚步声，你听到他在对你说：

> 他们这会儿来了。麦康奈尔神父说，祈祷是会有帮助的。倘使你已经读到了这儿，就替我和科拉祈祷一下吧，祈祷我们无论到了哪儿都会永远厮守在一块儿。

我想，当你读到这里，你也会跟我一样，在心里默默地为科拉和弗兰克祈祷，因为事实上，那也是我们为自己在祈祷。祈祷爱，我们渴望的爱，似乎永远可望不可即的爱，最终会像雪花一样从天空降临。毕竟，我们来到这个世界，不是为了死（虽然必有一死），而是为了爱（虽然死比爱更冷）。无论如何，我们还是会相信爱。也许那是因为，不管命运如何变幻，爱始终是我们活着的终极理由——正是由于爱，或者更确切地说，由于对爱的**渴望**，我们才能继续这样**不顾一切**地活下去。而且，幸运的是，我们还有小说。阅读这些虚构的绝望，多少能让我们抵消一些真正的绝望——从这个意义上，对于人生的绝望与无奈，读小说，实在是一种美好的复仇。

孔亚雷，1975 年出生于安徽省枞阳县，1997 年毕业于上海对外贸易学院，现居杭州。小说及译作散见于《收获》、《人民文学》、《外国文艺》等。译有保罗·奥斯特长篇小说《幻影书》(2007，浙江文艺出版社)。著有长篇小说《不失者》(2008，上海译文出版社)。

第一章

大约晌午时分，他们把我从运干草的卡车上扔了下来。我是前一天夜晚在边境地区纵身攀上车的；上了车，到了帆布车篷下后，我顿时就睡着了。在蒂华纳[1]呆了三星期后，我已经筋疲力尽，非常需要睡眠。我还睡着的时候，车主们在路边停下，让引擎冷却了一下。这时，他们瞥见了一只脚从车厢里伸出来，于是把我扔下了车。我扮了几个滑稽的姿势，但他们漠漠然，毫无表情，所以这一手一点儿用也没有。不过他们倒是给了我一支烟，我没法子，只好步行向前，去找点儿东西吃。

就在那时，我来到了双栎酒店。它不过是路边一家供应三明治的小酒吧。在加利福尼亚州，那样的小酒吧到处都有。酒吧的正面朝着大街，后边是店主的住处，侧面有个加油站，再往后有五六间小棚屋，店主管它叫作汽车旅馆。我急匆匆来到酒店前，开始朝路那头张望了一下。等那个希腊店主走出来时，我忙问他，有没有见到一个驾驶一辆凯迪拉克牌汽车的人驶了过去；我又说那个人是要上这儿来接我，并和我共进午餐的。希腊店主说，他今儿没有见到这样一个人，随后在一张餐桌上摆好餐具，问我要吃点儿什么。我要了橙汁、玉米片、煎鸡子儿和熏肉、辣椒肉馅玉米卷饼、煎饼和咖啡。不一会儿，他就送来了橙汁和玉米片。

“待会儿，我有件事得告诉你，要是那个人不来的话，这顿饭只好先赊账。他说好归他付的，我今儿手头有点儿紧。”

“成，给你先斟上。”

我瞧得出他相信了，于是就不再提那个开凯迪拉克的人了。不一会儿，我就瞧出来，他心里有个什么打算。

“喂，你是干什么的，做什么工作的？”

“噢，这也干干，那也干干，没有固定的工作，怎么样？”

“你多大啦？”

---

① 墨西哥西北部城市，在墨西哥—美国边境上。

“二十四。”

“啧，你年纪挺轻嘛。我这儿眼下可以雇一个年轻人，帮我做买卖。”

“你这地方挺不错。”

“空气挺好，没雾，就像在洛杉矶一样，一点儿雾也没有。一年到头都晴朗没雾。”

“夜里一定好极啦。我都可以闻到啦。”

“这儿我们总睡得挺香。你熟悉汽车吗？会修吗？”

“当然会修，我生来就是一个机修工。”

他又说了一些关于当地空气的话，说他自从买下这家铺子以来，一直多么健康，说他怎么一直搞不明白，他找的帮手为什么总不乐意在这儿长呆下去。我倒能猜想得出，不过我埋头吃着，没说什么。

“唔？你喜欢这儿吗？”

这当儿，我把剩下的咖啡全喝完了，点着了他递给我的雪茄烟。“我告诉你是怎么回事，除了你这儿，还有两三个其他的地方提出要我去，这使我很为难。不过我会考虑的。我一定会好好考虑一下。”

这时候，我看见了她。她一直呆在后边厨房里，这会儿才出来收拾我用过的碟子。除了体型外，她实在算不了一个绝色的美人儿，不过她那种阴沉的神态和嘴唇向外噘着的样子，使我真想替她把噘起的嘴唇推进去。

“这是我太太。”

她并没有望我一眼。我朝希腊人点点头，把手里的雪茄烟挥了挥了事。她端着碟子出去了；就他和我而言，她好像压根儿没有出现。接着，我离开了，但是五分钟后又走回去，给那个乘凯迪拉克的人留下一个口信。我和希腊人谈了半小时，接下了那份工作。半小时后，我就在加油站修补漏气的轮胎了。

“唔，你叫什么名字？”

“弗兰克·钱伯斯。”

“我叫尼克·帕普达基斯。”

我们握了握手，他走开了。不一会儿，我听见他在唱歌，他有一条极好的嗓子。从加油站那儿，我正好可以把厨房里的情形看得清清楚楚。

第二章

大约三点钟，有个人满腔怒火上店里来，因为有人在他汽车的通风小窗上贴了一个标签。我只好上厨房里去利用蒸汽替他把标签揭掉。

“辣椒肉馅玉米卷饼吗？唔，你们这些人确实知道怎样做卷饼。”

“你说你们这些人是什么意思？”

“哟，就是说你和帕普达基斯先生呀。你和尼克。我午餐吃的那卷饼真是好极啦。”

“噢。”

“你有揩布吗？我用揩布把这东西拿起来，就不烫了。”

“你并不是这意思。”

“当然是这意思。”

“你认为我是墨西哥人。”

“没这回事。”

“是的，你是这么认为。你可不是第一个这么想的人。不过请你听着，我和你一样也是白人，明白吗？我头发可能是黑色的，长相也有点儿像黑人，但是我和你一样是白人。你要是想在这儿好好混下去，就别忘了这一点。”

“可你看上去一点儿也不像墨西哥人！”

“我告诉你，我和你一样也是白人。”

“对，你看上去一点儿也不像墨西哥人。那些墨西哥女人，她们全都是大屁股、瘸腿、黄皮肤，乳房大得可以碰着下巴，头发看上去像抹了熏肉的油脂那样。你看上去可不是那样。你个子矮小，皮肤白皙，头发尽管是黑色的，却柔软、卷曲。有一处和墨西哥人一样的地方，就是你的牙齿，他们的牙齿都是白净的。这一点你不得不承认。”

“我结婚前姓史密斯。这听起来并不像墨西哥人吧，是吗？”

“不太像。”

“还有，我老家也不在这一带。我是从衣阿华来的。”

“唔，史密斯。你的名字叫什么呢？”

“科拉。乐意的话，你可以这样叫我。”

这时候，有一点我已经确信无疑。那就是我刚来时胡乱估摸的：她心情不好，倒不是因为她不得不做的那些卷饼，也不是因为她自己的头发是黑色的，而是因为她嫁给了这个希腊人，使她觉得自己好像不是白人了。她甚至怕我会管她叫起帕普达基斯太太来。

“科拉，没问题。叫我弗兰克怎么样？”

她走过来，开始帮我清洁那扇通风小窗。她靠我很近，我甚至可以闻到她身上的气息。我贴近她耳朵，几乎是悄声地快快问她道：“你到底怎么会嫁给了这个希腊人？”

她怔了一怔，好像我用鞭子抽打了她一下那样。“这管你什么事？”

“是呀，非常有关系。”

“这是你的通风小窗。”

"谢谢。"

我走出去，想知道的事已经知道了。我在她高度警惕的情况下，狠狠给了她一下，而且打得很重，所以把她打痛了。从这时候起，是她和我之间的事了。她也许不会依顺我，不过也不会敷衍我。她知道我的用意，也知道我已经看透了她。

那天晚上进餐的时候，希腊人对她发起火来，怪她没有多给我点儿炸土豆。他希望我喜欢呆在这地方，不像以前的几个人那样抛开他走路。

"总得让人家吃饱。"

"炸土豆就在炉子上；他自己不会去取吗？"

"这没什么。我还不太饿。"

他一个劲儿唠叨下去。要是他稍有头脑，他就会瞧出来，这里边有点儿文章，因为她可不是一个容客人自己去取的人，这一点我可以替她说。但是他很笨，还在那儿不停地嘀咕。我们三人就坐在厨房里的餐桌旁，他坐在桌子的一头，科拉坐在另一头，我坐在当中。我没有去望她，不过我可以瞥见她穿的衣服。那是一件护士穿的那种白色制服，在牙医的诊所或是在面包房里工作的人，全都穿的那种。这种衣服早上总很干净，这会儿已经有点儿皱、有点儿脏了。我可以闻到她身上的气息。

“唉，瞧在老天爷份上。”

她站起身去取土豆，那件白衣服敞开的一刹那，我瞧见了她的腿。她把炸土豆盛来给我后，我却吃不下去。“唔，你瞧，你唠叨了半天，他却不想吃。”

“唔。可他要是想吃，可以有得吃。”

“我不饿，午餐吃得很饱。”

他一举一动就像打了一场大胜仗那样。这时候，他很乐意宽恕她，仿佛他是一个大人物似的。“她人挺不错，是我的小白鸟儿，我的小白鸽。”

说完，他眨了眨眼，上楼去了。她和我坐在那儿，一句话也没说。他又下楼来时，一手拿着一只大酒瓶，一手拿着一把吉他。他从瓶里倒出一些酒来，原来是希腊甜葡萄酒。我喝下后，胃觉得很不舒服。他却唱起歌来。他有一副男高音的嗓子，不是你在收音机里听到的那些细声细气的男高音歌手，而是声如洪钟的男高音歌唱家。在处理高音时，他就像卡鲁索[1]在唱片里那样，会加入一种啜泣声。但是这时候，我已经听不下去了，我感到越来越不舒服。

他看见我脸色不好，忙把我拖到外边。“不舒服，出来呼吸点儿新鲜空气，你就会觉得好点儿。”

“没关系，我没问题。”

“坐下，别言语。”

“你先进去吧，我只是午餐吃得太多啦。一会儿就会好的。”

他进屋去了。我让肚子里吃下的一切全涌上来，吐了。那顿午餐，那些土豆，还有那杯葡萄酒，都叫我受不了。我一心就想得到那个女人，以致肚子里存不了一点儿东西。

第二天清早，铺子的招牌给风刮下来了。风是半夜里刮起来的，到了早晨竟然成了一场风暴，把招牌也刮得掉了下来。

“天气糟透啦。瞧瞧那儿。”

---

① 卡鲁索（Enrico Caruso， 1873—1921）：意大利男高音歌唱家，歌剧演员，享有世界声誉。

“是一场大风。我一夜都睡不着，都没能闭上眼。”

“风确实很大。瞧瞧那块招牌。”

“都给摔坏了。”

我不停地修补起那块招牌来。希腊人不时走出来看看。“你到底是打哪儿弄来这块招牌的？”

“我买下这家铺子时就有了。怎么啦？”

“质量挺差。挂这么一块破招牌能够招揽来顾客，那才怪哩。”

这时，我去给一辆汽车加油，撇下他去细想想我的话。等我回来时，他还对着靠在餐厅正面的那块招牌眨巴眼。有三盏灯已经爆了。我插上插头，接通电源后发现，剩下的灯有一半也不亮了。

“装上新灯，重新挂起来，那也就成啦。”

“你是老板。”

“这招牌怎么啦？”

“唔，这种招牌已经过时了；现在，没人再用装灯泡的招牌了。大伙儿都用霓虹灯招牌，显得比较醒目，用电又不多。再说，招牌上都写了些什么？双栎，就这么两个字。

‘酒店’那部分，灯光下并没有显示出来。唔，‘双栎’这两个字并不能引起我的食欲，不会使我想停下来买点儿东西吃。这块招牌让你损失了不少钱，只是你还不知道。”

“把它修修好，不就成啦。”

“你干吗不做一块新招牌呢？”

“我挺忙。”

可是没过一会儿，他又拿着一张纸回来了。他已经给自己画了一面新招牌，用彩色蜡笔涂上了红、白、蓝三色。招牌上写着“双栎酒店，供应小吃、烧烤，洗手间洁净卫生，店主尼·帕普达基斯”。

“好极啦。它会让人印象深刻。”

我把所有的字整理好，确保拼写没错；他对字母又加了更多的花体装饰。

“尼克，咱们干吗还挂着那个旧招牌呢？你干吗不今儿就进城去，把这个新招牌做好？它挺美观，相信我，没错。再说，这也很重要。一爿店铺好不好，首先得看它的招牌怎么样，是吗？”

“老天在上，我这就去办，我去。”

洛杉矶不过二十英里的路，可是他却像要上巴黎去那样，把自己打扮得容光焕发。午餐以后，他立刻上路了。等他刚走，我就把前门锁上，拾起一个顾客用过的盘子，直接朝后面的厨房走去。她正在那儿。

“外边有一只用过的盘子，我给你拿来了。”

“哦，谢谢。”

我把盘子放下。那柄叉子像铃鼓那样叮当响着。

“我原本也要去的，可是锅里煮着东西，我想还是不去吧。”

“我自己也有不少事情得做。”

“你觉得好点儿了吗？”

“我全好啦。”

“有时候为了一点儿小事，就会叫人不舒服，比方说吧，喝的水跟原来的不一样，就会那样。”

“很可能是午餐吃得太多了。”

“这是怎么回事？”

有人在前门外急促地敲门。“听上去好像有人想进来。”

“门锁上了吗？弗兰克？”

“我一定是把门锁上啦。”

她望着我，脸色变得发白，又走到双开式弹簧门边，往外偷看了一眼，然后走进餐厅去，没一会儿又回来了。

“他们走了。”

“我不知道我干吗把门锁上了。”

“我也忘了把它打开。”

她又转身朝餐厅走去；我拦住了她。“咱们——就让它锁着吧。”

“锁着就没有人好进来了。我还得烧点儿东西。这个盘子我这就去洗。”

我一把把她搂在怀里，用嘴死劲儿地吻起她的嘴来……

“咬我！咬我！”

我咬住了她，用牙齿深深地咬住了她的嘴唇，以致我都可以感到鲜血喷进了我的嘴。我把她抱上楼时，血顺着她的颈子往下直流。

第三章

随后有两天，我和死了一样，可是希腊人却对我很恼火，所以我蒙混过去了。他对我发火，因为我没有把餐厅通进厨房的那道双开弹簧门修好。科拉告诉他说，弹簧门一下弹了回来，打在她的嘴上。她不得不给他一个说法。她的嘴唇在我咬过的地方全都肿了起来，所以他认为这都是我的过错，没有把门修好。我把弹簧往长里拉了拉，弹力于是变弱，也就算修过了。

实际上，他对我发火的真正原因是为了那块招牌。他对那块招牌如此着迷，担心我会说那是我出的主意而不是他想出来的。那是一块很费工夫的招牌，工人们当天下午没能给他做好。这项工作总共花了三天时间；等做好以后，我去把它取回并挂了起来。他纸上画的东西，招牌上全有，另外还添了些别的：有一面希腊国旗和一面美国国旗，有两只手在握手，还有“保证满意”的字样，全都用红、白、蓝三色霓虹灯字母做成的。我等到天黑才开亮了灯。等我一下把灯开亮后，那块招牌就像圣诞树一样闪闪发光。

“嘿，我这辈子瞧见过不少招牌，可还从没见过一块像这样的。我不得不说这全都亏了你，尼克。”

“嘿嘿，老天在上。”

我们俩握了握手，言归于好。

第二天，趁我单独和科拉呆在一块儿的那一会儿，我挥起拳头狠狠拍打了一下她的腿，险些儿把她打倒在地。

“你怎么变成这样？”她像一头美洲狮那样咆哮起来。我就喜欢她那样。

“你好吗，科拉？”

“真讨厌。”

从那时候起，我又开始闻到她身上的气息了。

有一天，希腊人听说公路前面不远有个家伙正在压低汽油价格，和他抢生意。他于是跳上汽车驶去看个究竟。他驶走时，我正在自己的房间里；见他一走，我马上转过身预备奔下楼，到厨房里去，但是科拉已经上楼来了，正站在我的房门口。

我走过去，看看她的嘴唇。这是我第一次有机会看看她的嘴唇怎么样了。肿已经消去，不过牙齿咬过的地方留下的青色痕迹在上下嘴唇上都还看得出来。我用手指摸了摸那些伤痕。它们又软又湿。我轻轻地吻了吻，那种轻柔的微微一吻。以前，我从没有想到那样接吻。她在我房间里呆了大约一小时，直到希腊人回来才离开。我们俩什么事也没有做，只是躺在床上。她不停地揉弄着我的头发，同时抬眼望着天花板，好像在想什么心事。

“你喜欢吃蓝浆果馅饼吗？”

“我也不知道。不错，大概喜欢。”

“我做点儿给你吃。”

“当心，弗兰克，你会把弹簧叶片弄断的。”

“让弹簧叶片见鬼去吧。”

我和科拉正开车闯进大路旁的桉树丛里。希腊人打发我们到市场去取回一些他所谓的令人讨厌的小块牛排来。在回来的路上，天黑下来了。我把车撞进了那儿；车子冲撞得跳动起来。等我一进了树丛，我忙停下来。我甚至还没有把车灯关掉，她就一把抱住了我。我们尽情地云雨了一番。过了一会儿，云雨完毕，我们就坐在那儿。“我不能老这样下去，弗兰克。”

“我也是。”

“我可受不了啦，只好跟你一块儿醉生梦死，弗兰克。你知道我是什么意思吗？醉生梦死。”

“我知道。”

“我很讨厌那个希腊人。”

“那你为什么嫁给他呢？这一点你始终没有告诉我。”

“我什么也还没有跟你说。”

“咱们还没有顾得上浪费时间去谈这事。”

“我过去在一家廉价小餐馆里打工，你要是在洛杉矶的一家廉价小餐馆里干上两年，就会答应嫁给你遇见的第一个有块金表的人。”

“你是什么时候离开衣阿华的？”

“三年以前。我参加一场选美比赛，获了奖，是一次中学选美比赛，在得梅因[①]，我当时就住在那儿，奖品是上好莱坞去玩一次。我一下超级列车[②]，就有十五六个人给我拍照，可两星期后，我竟然进了那家廉价小餐馆。”

“你没有回去吗？”

“我不想让他们高兴。”

“你没有试着去当电影演员吗？”

“他们测试了我一次，长相还可以，可现在的演员得说话[③]。我是指电影演员。我在屏幕上一张口，他们就知道我是干什么的料了，我自己心里也明白，我只是得梅因来的一个平庸邋遢的娘儿们。这种女人想演电影，就和一头猴儿差不多，可能还不及猴儿。一头猴儿好歹还能逗人乐，而我所做的一切只能让人恶心。”

“后来呢？”

---

① 美国衣阿华州首府。
② 从衣阿华横贯数州，驶往洛杉矶的一班列车。
③ 相比从前无声电影而言。

“后来的两年在廉价小餐馆里，你只好听凭人家拧你的腿，给你五分镍币的小费，还问你晚上参加一场小聚会怎么样。我去参加过一些小聚会，弗兰克？”

“后来呢？”

“你知道我说的那些聚会指的是什么吗？”

“我知道。”

“后来，他出现了。我就嫁给了他。上帝在上，我本打算和他生活一辈子的。可现在，我再也忍受不下去了。天啊，我看上去像一只小白鸟吗？”

“在我看来，你更像一个泼妇。”

“你知道我，是吗？这是我喜欢你的一个原因。我用不着老骗你。还有，你身上挺干净，并不油腻。弗兰克，你明白这是什么意思吗？你身上并不油腻。”

“我多少可以想象得出。”

“我想你是想象不出的。没有一个男人能知道这对一个女人意味着什么。有一个浑身油乎乎的男人整天围着你转，一碰你就叫你恶心。老实说，我并不是一个大泼妇，弗兰克，我只是再也忍受不下去了。”

“你打算怎么办呢？哄骗哄骗我吗？”

“哦，好吧，就算我是个泼妇，可是我认为，我还不会那么糟，要是我和一个不是那么油乎乎的人生活在一块儿的话。”

“科拉，你和我一块儿离开这儿怎么样？”

“我也这么想过，想了很长时间。”

“咱们扔开这个希腊人，一块儿溜走，一走了之。”

“上哪儿去呢？”

“随便上哪儿。咱们又在乎什么呢？”

“随便上哪儿。随便上哪儿。你知道随便上哪儿是什么地方吗？”

“随便上哪儿，咱们选中什么地方就是什么地方。”

“不，不是这样，是廉价小餐馆。”

“我说的不是廉价小餐馆，而是四处走走。那样很有意思，科拉。没有人比我更知道那样多么有意思啦。我知道这种生活的种种波折与欢乐。我还知道怎样去应付那种种波折。这不正是咱们需要的吗？咱们其实本是一对流浪人，那么咱们就流浪得了。”

“你初来的时候十足是个流浪人，连袜子也没有穿。”

“可你还是喜欢上了我。”

“我爱上了你。就算你甚至没有穿衬衫，我也会爱上你。你没有穿衬衫，我会更爱你，因为我可以感受到你的肩膀多么健美和结实。”

“拳打铁路上的侦探，使我练就了这身肌肉。”

“而且你浑身上下都很结实，又高又大，非常结实，头发还是淡色的，不像他那样，油乎乎，个子矮小、软弱、头发漆黑，又缠在一块儿，每天晚上还往头发上抹桂油香水。”

“味道一定挺好闻。”

“可四处乱走也不成，弗兰克，那样最终还是得进廉价小餐馆打工。我在廉价小餐馆干，你也去干类似的活儿，比方说吧，在停车场找一份低下的活儿，穿上一件工作服。要是瞧见你穿上一件工作服，我会哭的，弗兰克。”

“那怎么办？”

她在那儿坐了很长时间，把我的一只手在她的两只手里揉来揉去。“弗兰克，你爱我吗？”

"爱。"

"你爱我是否爱到了什么也不顾的地步？"

"是。"

"有一个办法。"

"你刚才不是说你其实并不是一个泼妇吗？"

"我是说了，而且也是真心话。我可不是你所认为的那样，弗兰克。我想好好工作，干出个名堂来，就是这么回事。不过没有爱，你根本就办不到，这一点你明白吗，弗兰克？好歹，一个女人就办不到。嗐，我已经犯过一次错误啦。要纠正这个错误，我不得不做一次泼妇，就一次，可实际上我并不是一个泼妇，弗兰克。"

"做一个泼妇会让你掉脑袋的。"

"做得巧妙就不会掉脑袋。你很机灵，弗兰克。我一直没哄骗过你，你得想出个办法来，好多人都想出了办法。别担心，我可不是第一个为了摆脱困境而成为泼妇的女人。"

"他从没有干过什么欺压我的事，他这人还不错。"

"他不错，真见鬼，我可以告诉你，他糟透了，浑身油乎乎的，叫人恶心。你想我会让你穿上后面印着'检修汽车配件——谢谢您——欢迎再来’的罩衫，而他却有四套西服、一打绸衬衫吗？酒店的买卖难道有一半不是我的吗？难道不是我在烧菜做饭？我烧的菜难道不好吃吗？你不是也尽了一份力吗？”

“听你这么说，好像也挺有道理。”

“有道理没道理，除了你我，有谁会知道呢？”

“除了你我。”

“对啦，弗兰克，只有你我才最重要，对吗？不是你我去四处流浪或是干什么别的，就只有你我本身才最重要。”

“不过。你一定是一个泼妇。如果你不是，你不会让我有这样的感觉。”

“那么咱们就这么说定了。亲亲我，弗兰克，亲我的嘴。”

我亲了她。她两眼仰望着我，闪闪发光，就像两颗蓝色的星星。那样子就像是在教堂里举行婚礼。

第四章

“有热水吗？”

“干吗不上盥洗室去？”

“尼克在里边。”

“啊。我用水壶来倒点儿水给你。他洗澡的时候喜欢把整个热水器装得满满的。”

我们就像说给人听那样扮演起来。那时候大约是晚上十点钟，酒馆已经停止营业；希腊人正在盥洗室里。他每个星期六晚上总要好好洗一番。我们的计划是：由我先把水端到自己的房间里，准备刮脸，接着想起来我把汽车忘在外面，于是又走到外面去张望，万一有人来就按一下喇叭通知她。她得等到听见他进了浴缸才走进去取一条毛巾，然后用一柄包着皮的金属棒子从后面猛击他的脑袋。金属棒子是我用糖果口袋替她做的，头上塞满了滚珠轴承。本来是打算由我去干的，不过我们想，她走进盥洗室去，他决不会在意，而要是我走进去，说是前去找剃刀，他就可能会从浴缸里走出来，或是帮我寻找。她下手以后，就先把他按在水里直等到他淹死，然后再把水龙头开上一会儿，从窗子里跳到门廊的顶棚上，顺着我放在那儿的活梯走到下边地面上。她把那柄金属棒子递给我，再回到厨房里去。我就把滚珠轴承收进盒子里，把那只糖果口袋扔掉，把汽车开进车房，再回到我的房间里，开始刮脸。她等到盥洗室里溢出来的水滴滴答答流到厨房里，才大声叫唤我。我们就冲进门去，找到他，然后打电话请大夫来。我们预计，这样最终看上去会像是他在浴缸里一滑，继而跌倒，摔昏过去，然后淹死了。这主意我是从报纸上的一篇报道中看来的。那篇报道的记者说，大多数意外事故就发生在人们自己的浴缸里。

“小心点儿，水挺烫。”

“谢谢。”

盛水用的是一只深平底锅。我把它端到我的房间里，放在梳妆台上，又把刮脸用的东西全都摆好，然后下楼走到外面汽车旁。我在车子里坐下，既可以看到路上的动静，又可以看到盥洗室的窗子。希腊人正在唱歌。我忽然想着最好留意一下他唱的是什么歌。原来是《亲爱的妈妈》。他唱了一遍，接下去又唱了一遍，我朝厨房里望望，她还在那儿。

一辆卡车拖着挂车从转弯处转了过来。我连忙用手按了一下喇叭，因为那些卡车司机有时候会停下来找点儿东西吃。这种人敲起门来总没完没了，直到你把门打开为止。可是他们没有停下来。接着，又驶过了两三辆汽车。它们也没有停下来。我又朝厨房里望望；她已经不在那儿了。卧室里有盏灯一直亮着。

这时候，我突然看见后面门廊上有个什么在移动。我的手已经要去按喇叭，这时我才看出来原来是一只猫。那不过是一只灰色的猫，但是却使我吃惊不小。那时候，我最不乐意见到的东西就是猫。一会儿，它不知上哪儿去了；过了一会儿，它又出现，在那个活梯周围嗅来嗅去。我不想按喇叭，因为那不过是一只猫，可我又不想让它逗留在活梯四周。我于是跳下车，走到后面，“嘘”的一声把它赶走。

我想回到车上，可是刚走了一半路，猫儿又回来了，而且顺着梯子往上爬。我又“嘘”的一声把它赶走，一直赶到后面棚屋那儿。我转身回到汽车旁，站在车外稍许等了一会儿，看看猫儿是否会再回来。这时候，州里的一名警察骑着摩托车从拐弯处转过来，瞧见我站在那儿，便停下车，驶进来。我连动都没来得及动。他正好停在我和汽车之间，使我无法去按喇叭。

“在这儿休息一会儿吗？”

“我刚出来，想把车子开进车房去。”

“这是你的车？”

“是我老板的车。”

“那好。我只是查看查看。”

他四下看了看，突然瞧见了一个什么——“我的天！瞧呀！”

“瞧什么？”

“该死的猫儿，想爬上那架活梯去！”

“哈！”

“我喜欢猫儿，它们总是四下乱窜。”

他戴上手套，又朝黑夜看了一眼，踢了几下脚蹬子就驶走了。等他走得看不见后，我忙奔向车去按喇叭，可已经太晚了。门廊上火光一闪，店里的灯全部熄灭了。屋子里传来科拉一声可怕的尖叫。“弗兰克！弗兰克！出事啦！”

我跑进厨房，但是厨房里一片漆黑。我口袋里又没有火柴，只好摸索着走。我和科拉在楼梯上碰上了，她正在往下走，我正走上去。她又尖叫起来。

“别叫，看在上帝的份上，别叫！你下手了吗？”

“下手啦，可我还没把他按在水里，就停电了！”

“咱们得把他救活过来！外面刚才来了一名州里的警察，他瞧见了那架活梯！”

“快打电话请大夫！”

“你去打，我去把他扶起来！”

她下楼去了；我继续往上走，进了盥洗室，走到浴缸旁边。希腊人躺在水里，不过他的头部并没有在水里。我设法把他扶起来，可是他满身滑溜溜的尽是肥皂。我只好站到水里去，花了好一会儿工夫才把他扶起来。这时，我可以听见科拉在楼下对接线生说话，他们没替她接通一位大夫，而是接通了警察局。

我把希腊人从水里扶起来，让他靠在浴缸边上，然后自己从水里走出来，又把他拖进寝室，放到床上。这时，科拉上来了，我们找到了火柴，点着了一支蜡烛，接下来就开始抢救他。我用湿毛巾包住他的头；她则不停地搓他的手腕和脚。

“他们就派救护车来。”

“好。他瞧见你下手吗？”

“我不知道。”

“你是站在他的身后吗？”

“大概是的，可就在这时灯突然灭了，我也不知道出了什么事。你把灯怎么样啦？”

“没怎么样，保险丝断了。”

“弗兰克，他最好不要醒过来。”

“他非得醒过来，要是他死了，咱们就完啦。我可以告诉你，那个警察瞧见了那架活梯。要是他死了，他们就会发现是咱们干的。要是他死了，他们就会把咱们关进去。”

“他要是瞧见是我下手的，那可怎么办呢？等他醒来后，他会说点儿什么？”

“也许他没瞧见。咱们好歹得让他听信咱们的说法，就是这样。你当时是在这儿，灯突然灭了，你听见他一滑摔倒，跟他说话，他也没回答，然后你就喊了我，就是这些。不论他说什么，你都坚持这么说。要是他瞧见了什么，那也只是他的想象，就是这么回事。”

“他们怎么不让救护车快点儿来？”

“这就会来的。”

等救护车一到，他们把希腊人放在一个担架上，抬上了车子。科拉也乘上车去。我开着汽车跟在后面。离开格伦代尔[①]还有一半的路，州里的一名警察搭上了他们的车，并以每小时七十英里的速度向前驶去。我给抛在后面，跟不上他们。等我驶到医院时，他们正在从车里把他抬出来，那个州里的警察正在指挥。他瞧见我时，不由得一愣，睁大两眼盯着我。正是那名警察。

他们把希腊人抬进去，放在一张平台上，推进手术室

---

① 美国加利福尼亚州西南部城市，靠近洛杉矶。

去，科拉和我坐在外边大厅里。不一会儿，一个护士走出来，和我们坐在一块儿。这时候，那个警察也来了，还有一名警官跟他一块儿。他们不停地望着我。科拉正在告诉那个护士事情发生的经过。“我走进里面去，我是说走进盥洗室去，想拿一条毛巾，这时候就像有人放了一枪那样，灯一下全灭了。啊呀，那声音真可怕极了，我听见他倒下。在这之前，他正站起身，准备打开淋浴器。我对他说话，他一声也不言语，四周一片漆黑，我什么也瞧不见，也不知道出了什么事。我是说我以为他是触了电或是怎么样了。我尖声喊叫起来。弗兰克听见我的叫声，连忙赶了来，把他从水里扶起。我连忙打电话叫救护车。我真不知道我会怎么办，要是他们没有这么快就赶到的话。”

“夜晚接到电话，他们的行动总是很快。”

“我真担心他伤得很重。”

“我想并没有。他们正在里面给他拍 X 光，有 X 光片子，就可以断定病情了。我认为他伤得并不厉害。”

“天哪，但愿如此。”

那两个警察始终一声不吭。他们就坐在那儿瞅着我们。

他们把希腊人推出了手术室；他头上缠满了绷带。接着，他们又把他推进了电梯，科拉和我，还有护士和警察全都跟了进去。他被抬到楼上的一间房里，我们也跟着走了进去。他们把他安顿在一张床上。房间里椅子不够用，护士连忙去又拿了几张来。我们全都坐了下来。有人说了句什么；护士请大伙儿保持安静。一位大夫走进来看了看，又走了出去。我们在那儿坐了好半天后，护士走过去，又看看他。

“我想他这就要醒过来啦。”

科拉看了我一眼。我连忙把目光移开。两个警察探身向前，想听听他说点儿什么。这时，他睁开了眼睛。

“你现在觉得好点儿了吗？”

他什么也没有说；其他人也一语不发，房间里十分安静，我甚至可以听见自己的心在怦怦跳着。“你不认识你太太吗？她就在这儿。只是因为灯灭了，你就像个小孩儿那样摔倒在浴缸里，你自己不感到害臊吗？你太太对你很生气，难道你不想和她说句话吗？”

他张开嘴想说点儿什么，可是却说不出。护士走过去，给他扇了一下扇子，科拉握住他一只手，轻轻拍了拍。他又倒在床上，闭上眼睛，躺了几分钟，然后他又张开了嘴，望着护士。

“当时—— 一片漆黑。”

护士说，他需要安静，我便领着科拉下楼，让她上了汽车。我们俩刚上路，那个警察就已经骑着摩托车跟在我们后边了。

“他怀疑咱们，弗兰克。”

“就是他。他瞧见我站在那儿留神注意，就知道有什么事儿不大对，他现在还这么认为。”

“咱们怎么办呢？”

“我也不知道。一切全都取决于那架活梯，不知他是否会突然明白它放在那儿的用处。还有，你把那个金属棒子怎么处理了？”

“还在我这儿，就在我衣服的口袋里。”

“老天在上！要是他们当场逮捕了你，搜查了你的身，那么咱们早就完蛋啦。”

我把小刀取出来，递给她，让她把袋子上的绳子割断，把滚珠轴承全取出来，随后我让她爬到车子的后座上去，把后座抬起，再把那只袋子放在座位下边。袋子放在那儿，瞧起来就像一块旧抹布，就像谁都会和工具放在一块儿的一块破布。

“你现在就呆在后面，留神看着那个警察，我这就把这些滚珠轴承一粒一粒扔进灌木丛里去。你得留神注意着，瞧他是否瞧见了什么。”

她留神注意着；我用左手驾驶，把右手横放在驾驶盘上。我像打弹子那样把它一粒粒弹到窗外马路对面去。

“他回头了吗？”

“没有。”

我把余下的全部弹出去了，每两分钟弹出一粒。他压根儿没有觉察到。

我们回到了店里。那儿还一片漆黑。去医院前，我没来得及找保险丝，更不用说换上一根新的了。当我把车停下时，警察从旁边驶过去，赶在我前面到了那儿。“我要瞧一瞧那个保险丝盒子，朋友。”

"成。我自己也要去瞧瞧。"

我们三个人都绕到了后面。他打亮了一只手电筒。这时，他立刻莫明其妙地哼了一声，弯下身去。原来先前见到的那只猫正四脚朝天，躺在那儿。

"多么令人遗憾！一下子就送了命。"

他举起手电筒，朝门廊顶棚的下方，并顺着活梯照了照。"这就对啦，一点儿不错。你记得吗？咱们刚才还瞧见它，没想它在梯子上踩空了摔下来，正掉在你们的保险丝盒上，结果一下子就送了命。"

"正是这么回事。你刚走没多一会儿，电就一下没了，只听见'砰'的一响，就像谁开了一枪那样。我甚至都没来得及把车开进来。"

"他们在路上通知了我。"

"你刚离开没多一会儿。"

"从梯子上一下正摔到了保险丝盒上。嗐，事情就是这样。这些可怜、愚蠢的东西，怎么也搞不明白电是怎么回事，是吗？搞不明白，先生，这对它们来说简直太难啦。"

"太倒霉啦。"

“正是这么回事，太倒霉啦。一下子就送了命，还是一只挺漂亮的猫儿哩。记得吗，它爬梯子时的样子？我可从没见过一只比这只更可爱的猫了。”

“颜色也很美。”

“一下子就送了命。好，我想事情已经清楚啦，我该走了。你们知道我也是不得不核实一下。”

“对。”

“再见。再见，女士。”

“再见。”

第五章

我们对那只猫，那个保险丝盒子或是随便什么其他的东西，都没有做什么。我们就一下爬上床去；科拉完全垮掉了。她先是哭个不停，后来又浑身发冷，不住地哆嗦。我花了两个多小时才使她安静下来。她在我的怀里躺了一会儿，随后我们便谈了起来。

“再也别干这种事啦，弗兰克。”

“对，再也别干啦。”

“咱们一定是疯了，完全疯了。”

“只是凭着一时幸运，才使咱们脱离了危险。”

“全都怪我。”

“也得怪我。”

“不，是我的不是，是我想出这个主意来的。你并不想这样。下次我听你的，弗兰克。你很机灵，不像我这么蠢。”

“只不过不会再有下一次了。”

“说得对。决不会再干了。”

“即使咱们这一次干成了，他们也会看出破绽来。他们总能看出破绽来的。出于职业上的习惯，他们好歹总能看出。因为你瞧，那个警察多么快就觉察到有什么事不大对。这一点真使我不寒而栗。他一瞧见我站在那儿，就觉察到了。要是他这么轻易地就觉察到可能有事，那么要是希腊人死了，咱们还有多大逃脱的机会呢？”

“我想我并不是个真正的泼妇，弗兰克。”

“你先听我说。”

“要是我当真是的话，那我不会这么轻易地就给吓坏啦。我当时真吓坏了，弗兰克。”

“我自己也吓得够呛。”

“你知道，电没了的那会儿，我想要什么吗？就想你呆在我身边，弗克兰。那时候，我压根儿不是什么泼妇，只是一个怕黑的小姑娘。”

“我不是顿时就来了吗？”

“你叫我更爱你。要不是亏了你，我真不知道咱们会出什么事。”

“关于希腊人滑倒的说法，那不是编得很好吗？”

“他自己居然也相信了。”

“只要有一丁点儿机会，我就有劲儿去应付那帮警察，每次都是这样。你总得给他们一个说法，就是这么回事。所有的小地方都得编好，又得尽可能说得跟真的一样。我很知道他们。我曾经和他们有过多次交往。”

“你把问题解决了。你往后总帮我把问题解决掉，行吗，弗兰克？”

“你是我唯一真正喜欢的女人。”

“我想我其实并不想做一个泼妇。”

“你是我的宝贝儿。”

“对，只是你的笨宝贝儿。好，弗兰克，从今往后，我全听你的。你出主意，我照着干。我能干活儿，弗兰克，而且干得还不错。咱们会配合得很好的。”

“咱们当然会。”

“现在，咱们睡觉吧，怎么样？”

“你觉得你睡得着吗？”

“这还是咱们第一次一块儿睡哩，弗兰克。”

“你喜欢吗？”

“喜欢，太喜欢啦。”

“亲亲我，祝我晚安。”

“能够亲亲你，祝你晚安，真太好啦。”

第二天清早，电话铃声把我们惊醒了。她下楼去接电话。接完上楼来时，两眼闪闪发亮。“弗兰克，你猜怎么啦？”

“怎么啦？”

“他的头盖骨破裂了。”

“很严重吗？”

“不太严重，不过他们得把他留在医院里，大概要他在医院里呆上一星期。今儿晚上，咱们又可以一块儿睡了。”

“快过来。”

“现在不成。咱们得起来，还得开店哩。”

“快过来，要不我就要狠狠揍你！”

“你这疯子！”

那对我们来说，的确是快乐的一周。每天下午，她总开车上医院去，但是其余的时间我们总守在一块儿。我们也等于让他休息了一下。我们把店铺每天都开着，而且还主动找买卖做，生意还真兴隆。当然，那天有一百多个主日学校的小孩儿乘着三辆校车来到店里，要买一大堆东西，带到外边树林里去吃，这对店里大有好处，不过即便没有这笔生意，我们也赚了不少钱。从现金出纳机上看，一点儿也泄露不了我们的秘密。真的，从那上面是看不出我们捞过一笔钱的。

后来有一天，不是她一个人开车上医院去，而是我们俩一块儿去了。等她从医院出来以后，我们疾速地朝海滩驶去。她租了一件黄色游泳衣和一顶红色泳帽。等她走出来的时候，我乍一看都认不出她了。她看上去像一个小姑娘。那是我第一次瞧出来她实际上多么年轻。我们在沙滩上玩了一会儿，然后又游出去很远，听任海浪晃动我们的身体。我喜欢让脑袋随波浪晃动，她却喜欢让双脚随波浪摇摆。我们面对面呆在那儿，双手在水下相握。我抬起头来望着天空。那是你所能看到的一切。同时，我想到了上帝。

“弗兰克。”

“什么事？”

“他明儿回家。你知道那意味着什么吗？”

“我知道。”

“我得和他一块儿睡，而不是和你。”

“你是得和他一块儿睡，只是等他回来时，咱们就不见了。”

“我就盼着你这么说。”

“就是你和我，四处流浪，科拉。”

“就是你和我，四处流浪。”

“就是两个流浪人。”

“就是两个吉卜赛人，不过咱们紧守在一块儿。”

“说得对，咱们紧守在一块儿。”

第二天早晨，我们收拾起行李。好歹科拉收拾起了行李。我先前买了一套西服，这时候换上了身，要做的似乎也就是这些。她把自己的东西装进了一只筒状行李包。等装好后，她把它递给我。“把它放在汽车上，好吗？”

“汽车上？”

“咱们难道不把车开走吗？”

“不开车，除非你想第一晚就在监狱里过夜，咱们不能把车子开走。偷一个人的老婆，这不算什么，但是偷他的汽车，那可是犯了盗窃罪。”

“啊。”

我们出发了。到公共汽车站有两英里的路，我们只好步行。每次有汽车从身旁驶过，我们总伸出手站在那儿，像一家雪茄烟商店门口的印第安人那样，但是没有一辆车子停下。一个男人单独可以搭上车；一个女人要是很蠢想搭车的话，独自一人也能搭上，可是一个男人和一个女人一块儿，就没有那么好的运气。经过了大约二十多辆车子以后，科拉站住了脚。那时候，我们大约只走了四分之一英里的路。

“弗兰克，我走不了啦。”

“怎么回事？”

“就是这么回事。”

“就是怎么回事？”

“四处流浪。”

“你真可笑。你不过是走累了罢啦。嗳，你在这儿等着；我到前面路上去找一个人开车送咱们去市里。好歹这也正是咱们该做的。到了市里，咱们就没问题了。”

“不，不是这么回事。我不累，我就是办不了，压根儿办不了。”

“你难道不想和我厮守在一块儿吗，科拉？”

“你知道我想。”

“你知道，咱们不能回去了，不能像早先那样重新开始了。这一点你知道。你非跟着我走不可。”

“我告诉过你，我实际上并不是一个游手好闲的女人，弗兰克。我觉得自己并不像一个吉卜赛人，什么也不像，只是觉得害臊，跑到外边这儿来，要求搭人家的车子。”

“我跟你说过了，咱们去叫一辆车来，送咱们上市里去。”

“上市里去了后，又怎么样呢？”

“上市里去了后，咱们就开始流浪。”

"不，咱们不那样。咱们在旅馆里住一夜，然后就开始找工作。还得住在一个乱七八糟的脏兮兮的地方。"

"你刚离开的那地方难道不是一个肮脏的地方吗？"

"那可不同。"

"科拉，这点儿困难你就已经受不了了吗？"

"我已经受不了啦，弗兰克。我没法再跟你走下去。再会。"

"再听我说几句，成吗？"

"再会，弗兰克，我回去啦。"

她不停地使劲儿拉她的行李包。我本不想松手，心想好歹得帮她把行李包拎回去，但她还是夺了过去，接着就拿着行李包往回走。出来的时候，她穿了一身小巧的蓝色套装，戴着一顶蓝帽子，显得很漂亮，可是这会儿，她却显得十分狼狈，鞋子上也满是灰尘，哭得连路都没法好好地走。突然间，我发现我也在哭。

第六章

我搭车上圣伯纳迪诺去了。这是铁路沿线的一个小城市。我打算偷偷搭上一列货车上东部去。但是最终并没有这么做，因为我在一家台球房里遇到了一个家伙，和他玩起了台球的侧旋球。他可是上帝创造出的最大的笨蛋，因为他交上了一位真正会玩的朋友。那家伙唯一的毛病就是，他玩得不够好。我和那两个人一块儿逗留了两三星期，赢了他们二百五十元，也就是他们所有的钱。随后，我不得不马上离开了那个小城市。

我搭上了一辆去墨西卡利[①]的卡车，接着就琢磨起我那二百五十元来。我心想有这么多钱，我和科拉可以上海滩卖热狗等等，直到有了赌本，可以尝试着干更大的买卖。于是我又下了车，搭车返回了格伦代尔。我开始在他们购买东西的市场附近闲逛，希望会碰上科拉。我甚至还给她打过两三次电话，但都是希腊人接的，我只好假装说是拨错了号码。

在市场周围闲逛之间，我还去沿街一个街区外的一家台球房里混混。有一天，一个家伙独个儿在一张台子上练击球，从他拿台球杆的神气，你就能瞧出来他是个新手。我开始在前边一张台子上练击球，心里盘算着要是二百五十元够摆一个热狗摊的话，那么三百五十元就会让我和科拉过得相当舒服了。

“咱们一块儿玩玩，打一个侧旋球，你说怎样？”

“我过去没多玩过台球。”

“这并没什么。就打一个侧旋球。”

“不管怎么说，我似乎压根儿不是你的对手。”

“我吗？我也没什么经验。”

“如果这只是一场友谊赛，那好。”

我们于是玩了起来。我先让他赢了三四局，好让他感到

① 美国南加利福尼亚州首府，在美国—墨西哥边境上。

挺不错；我自己却不停地摇头，好像搞不明白这是怎么回事似的。

“嗐，不是我的对手！这真是笑话，不过我发誓我平时实际上比今儿打得好。今儿我好像老发挥不好。咱们来赌上一块钱，你说怎样，只是让气氛活跃一点儿？”

“好，一次赌一块钱，我也输不了多少。”

我们说定一局赌一块钱。我让他赢了四五局，也许还不止。我击球的样子就好像我很紧张。在击球之间，我还用手帕擦擦手掌，仿佛我肯定是在出汗。

“嗐，看来我今儿打不好。改成一局五块钱怎么样？这样我好把钱赢回来，然后咱们去喝上一杯，好吗？”

“好，这只是一场友谊比赛。我也不想要你的钱。成，就五块钱吧，然后咱们就走。”

我又让他赢了四五局。从我装出的样子看，你会以为我心脏病发了，还有两三种其他的不舒服。我显得垂头丧气。

“瞧瞧看，我这人不傻，知道自己什么时候实在不成，不过咱们还是赌二十五块一局吧，这样要是我赢了，咱们就正好不赢不输，然后咱们就去喝上一杯。”

“这个数目对我来说，可相当大。”

“得啦！你现在是在用我的钱打，对吗？”

“哦，好吧，成。那就一局二十五块。”

这时候，我才认真开始打球了。我打出了连霍庇[1]都打不出的那种球，使球分别撞到台子三面的橡皮边后入袋，是地道的台球打法。我使球侧旋得那么巧妙，让它在台子上转了一圈。我甚至还打出了一个跳球，一下真成功了。他打的每一个球都不比瞎子汤姆——那位什么也看不见的钢琴演奏家——更高明。他球杆使用得不对，姿势也乱作一团，连连失误，还把那一只球送错了一只袋子。他甚至一次也没有使用擦边打法。不幸的是，等我走出球房时，我那二百五十元和一块三块钱买来的手表全落到了他的口袋里。我买那块表是为了好知道科拉什么时候可能开车来市场采购的。唉，我打得其实不错。唯一的问题是，我发挥得不够理想。

“哟，弗兰克！”

原来是希腊人。这时，我刚走出球房的门，他正奔过街

① 霍庇（Willie Hoppe， 1887—1959）：美国台球世界级冠军。

道，朝我走来。

“嗐，弗兰克，你这狗娘养的家伙，你丢下她，上哪儿去了？你干吗在我摔伤了脑袋，最需要你的时候，从我这儿跑掉？”

我们握了握手。他脑袋上还缠着绷带，两眼里还有一种不太正常的神情，身上穿着一套新衣服，头上歪戴着一顶黑帽子，打着一条紫色领带，蹬着一双棕色皮鞋，背心上横挂着他的金表链，手里握着一大支雪茄烟，显得很神气。

“唔，尼克，你觉得怎么样，朋友？”

“我吗，我觉得挺好，就算刚从牢房里出来，也不能觉得更好啦，可你为什么要扔下我跑啦？你这狗娘养的家伙，我对你可非常生气。”

“哎，尼克，你知道我。我在一处地方呆上一阵子，就又要出去四处逛逛。”

“可你选了个太不合适的时候去逛啦。唔，你现在在干吗？得了，你什么活儿也没有，你这狗娘养的家伙，我知道你，跟我来，趁我买牛排的时候，我来告诉你发生了点儿什么事。”

“你一个人吗？”

“别说蠢话啦。你跑啦，唔，你想想有谁在店里照料呢？我当然是一个人啰。我和科拉现在压根儿没有机会一块儿出来啦。一个人出来，另一个就得留在店里。”

“那好吧，咱们就走过去。”

他买牛排花了一小时，一边忙着告诉我，他的头盖骨怎样摔破了，大夫们怎样还从没见过有人破成那样，他和他的助手们相处得怎么不好，我离开后他怎样找过两个伙计，有一个在雇用的第二天他就叫他走了，另一个三天后也悄悄溜了，还把现金出纳机里的现钱全带跑了，他如今多么乐意不惜一切请我回去。

“弗兰克，你听我说，我们明儿要上圣巴巴拉去，我和科拉。说真的，我们也该出去走走了，是吗？我们要上那儿去看一场节日庆祝活动，你跟我们一块儿去。你乐意吗，弗兰克？你跟我们一块儿去，咱们趁机谈谈你回来帮我干的事。你喜欢看节日庆祝活动和圣巴巴拉的情况吗？”

“唔，听说那儿挺不错。”

“满街都是姑娘们，有音乐，有舞蹈，好看极了。去吧，弗兰克，你说怎样？”

“唔，我也不知道。”

“要是我瞧见你，又不领你回去，科拉会冲着我大发脾气的。也许，她对你脾气比较急躁，不过她也认为你这人挺不错，弗兰克。来吧，咱们三个一块儿去，会玩得挺乐的。”

“好吧，要是她乐意，那就这么说定啦。”

我们回到餐厅时，有八九位顾客在那儿。科拉在后边厨房里忙个不停，尽快地洗盘子，以便有足够的盘子可以供顾客们使用。

“嗨，嗨，科拉，你瞧瞧，瞧我把谁带回来了。”

“哟，天啊，他打哪儿冒出来了？”

“我今儿在格伦代尔碰上了他，他跟咱们一块儿上圣巴巴拉去。”

“你好，科拉，这些日子好吗？”

“这儿已经没人认识你啦。”

她连忙把手擦擦干，和我握了握，可是她手上还是滑腻腻的有些肥皂。她端起顾客要的一份菜走到前面餐厅去了；

我和希腊人于是坐下来。通常，他总是帮她上菜，但是这会儿，他却急于要给我看点儿什么，所以就让她独个儿忙去了。希腊人拿给我看的是一本大剪贴簿，在簿子正面，他贴上了他的入籍证书，然后是他的结婚证书，他在洛杉矶县做买卖的营业执照，他本人在希腊军队里服役的照片，他和科拉结婚当天的照片，然后是有关他那场受伤事故的所有剪报。一般报纸上的那些剪报，要说的话，主要报道的都是那只猫，而不是他，但是不管怎么说，报道中都提到了他的名字，以及他如何给送到格伦代尔医院去，最后还说他会康复的。不过洛杉矶希腊报上的那则剪报却主要是谈到他，而不是那只猫。它上面还附有一张他的照片，穿着他当侍者时那一整套燕尾服，并报道了他的生平。再往后是 X 光片子，大约有六七张，因为他们每天都给他拍上一张，察看他的康复情况。他把它们固定在上面的办法是，把两页的边贴在一块儿，然后在中间挖出一个方洞，从那儿把 X 光片子塞进去。这样，你就可以拿起来对着亮光看清楚了。X 光片子后面是住院账单收据，大夫账单收据和护士账单收据。随你信不信，他头上挨的那一下让他花去了三百二十二元。

“这样是不是挺有意思呢？”

“挺好。 全在那儿啦，正在当中。”

“当然，还没有做完。我会把它涂成红、白、蓝三色，弄得漂漂亮亮的。你瞧。”

希腊人让我看了他已经涂得花花绿绿的两三页。他用墨水写了一些花体字母，然后涂上红、白、蓝三种颜色。在那张入籍证书的上方，他画了两面美国国旗和一只大鹰；在希腊军队里服役的那张照片上方，他画了一些十字形的希腊国旗和另外一只大鹰。在他的结婚证书上方，他画了一根细树枝，上面有两只斑鸠。他还没有想好，在其他的一页页上方放些什么；我说在剪报的上方，他可以放一只猫，尾巴往外喷出红、白、蓝三色火焰来。他认为这主意很不错。不过当我说他可以在洛杉矶县执照的上方放一个红头美洲鹫，爪子上抓着两面拍卖商的旗子，上面写着“今日拍卖”字样时，他没有明白我的意思，看来实在也不值得花那么多时间去向他解释清楚。不过我最终还是明白了，他为什么穿得那么神气，而且不像过去那样往餐厅里端菜，还端起一副很了不起的样子。这个希腊人前些日子头盖骨破裂了；这种事情对于他那样的蠢货来说，并不是天天发生的。他就像一个移居美国、开了一家药房的意大利人那样，一天拿到上面写着“药剂师”并盖有红印的执照，就穿上一套灰衣服，背心上还绲上黑边，觉得自己很了不起，甚至抽不出时间去配药，连一份巧克力冰淇淋苏打也不吃。这个希腊人打扮得那么了不起，原因也是一样的。他的生活中出了一件大事。

快到晚餐的时候，我才有机会和科拉单独呆在一块儿。希腊人上楼洗澡去了，撇下我们俩单独呆在厨房里。

“你想我吗，科拉？”

“当然啦。我不会这么快就忘了你。”

“我也常常想起你。你好吗？”

“我吗？我还好。”

“我打过两次电话给你，都是他接的。我没敢跟他说话。我挣了些钱。”

“哟，你混得不错，我挺高兴。”

“我挣了些钱，可后来又输掉了。我原以为咱们可以用那笔钱做点儿什么小买卖，可我却把它输掉了。”

“我发誓，我真不知道钱花到哪儿去了。”

“你当真想我吗，科拉？”

“当真想。”

“从你的样子看似乎不像。”

“依我看，我的样子没什么不对。”

“你不亲我一下吗？”

“咱们很快就要进晚餐了。你要是想洗个澡的话，最好准备好。”

情况就是这样。那天整个晚上，情况都是这样。希腊人取出了一些他的甜葡萄酒来，唱了好几支歌。我和科拉坐在一旁。对她而言，我可能不过是一个曾经在店里干过活儿的伙计，而她连我的名字都记不大起来了。那可是我生活中重返老地方所碰上的最大的一次失败。

到了该睡觉的时候，我让他们先上楼去，自己走到外面，试图细想一下，是留下来看看能否和她重修旧好呢，还是一走了之，设法忘却了她。我走了好一段路，自己也不知道走了多久或是多远，不过隔了一会儿，我忽然听见店里有吵闹声。我走回来，走到很近时，才听到了一些他们说的话。科拉正在拼命喊叫，说我非得离开；希腊人正叽里咕噜不知说些什么，大概是想叫我留下来继续干活儿。他试图让她闭上嘴，但是我听得出，她是在高声喊叫，存心让我听见。如果我当时是呆在自己的房间里（她以为我正呆在那儿），那么我会听得清清楚楚。即使那时我呆在外边，我也听到了不少话。

接下去，吵闹声一下停了。我连忙溜进厨房，站在那儿细听。不过由于我当时很激动，所以什么也听不见，只能听见自己心房的跳动！砰砰，砰砰，砰砰，就是这样。我想我的心这样跳真是反常。接下去，我突然意识到，厨房里有两颗心在跳动，这就是为什么听起来那么不正常。

我“啪”的一声开亮了灯。

科拉穿着一件红色和服式睡衣，正站在那儿，脸色白得像牛奶一样，手里握着一把细长的刀，睁大两眼凝视着我。我忙伸手把刀从她手里拿开。等她开口说话时，她的声音非常低，听起来像是一条蛇在不时吐芯子。

“你干吗要回来？”

“我不得不回来，就是这么回事。”

“不，你本用不着回来的。我原可以熬过去，慢慢地把你忘了，可现在，你偏又回来了。你真该死，非得又回来！”

“熬过什么？”

“他干吗做那本剪贴簿：就是为了好给他的孩子们看！现在他就想要有个孩子，马上就想要有一个。”

“嗨，你那时候干吗不跟我走呢？”

“跟你去干吗？在棚车里睡觉吗？你告诉我，我干吗该跟你去？”

我说不出什么话来，心里就想到我那二百五十块钱，但是告诉她我昨儿有几个钱，今儿玩台球，打侧旋球，又把钱输了，那又有什么好处呢？

“你一点儿用也没有，这我知道，你就是没有用。那么你干吗不走开，别再来跟我搅和？可你偏又回来。你干吗不让我就这样生活下去呢？”

“听着，在孩子这件事上先拖延他一下。拖延一下；咱们再瞧瞧能不能想出什么法子来。我尽管没什么用，可是我爱你，科拉，我发誓我爱你。”

“你发誓，接下去怎么办呢？他要带我上圣巴巴拉去。这样我会说我乐意有个孩子，而你呢——你跟我们一块儿去，跟我们住在同一家旅馆里，跟我们坐同一辆车子。你——”

她停下了。我们站在那儿，互相对望着。我们三人同坐在一辆车子上，我们俩知道那意味着什么。渐渐地，我们越靠越近，直到最后靠到了一块儿。

“嗳，天啊，弗兰克，除了杀死他之外，难道就没有其他的解决办法吗？”

“唔，你刚才不是准备拿刀戳死他吗？”

“不是，是准备戳死我自己，弗兰克。不是戳死他。”

“科拉，杀了他还是可能的。咱们已经试过所有其他的方法了。”

“我可不能要一个油乎乎的希腊孩子，弗兰克。我不能，就是这么回事。我要是生孩子，就只能和你生。但愿你有点儿出息。你很机灵，就是没用。”

“我是没用，不过我爱你。”

“对，我也爱你。”

“拖延下去，就这一晚。”

“好吧，弗兰克，就这一晚。”

第七章

有一条漫漫的小道，
蜿蜒地伸入了我的梦中，
夜莺在那儿歌唱，
明月发出晶莹的亮光。

等待的夜晚总很漫长，
直到我的梦想全部成真，
直到有天和你一块儿，
共同走下那条漫漫的小道。

“他们感觉挺不错，是吗？”

“就我来说，太不错了。”

“所以你别让他们握住方向盘，小姐。他们没问题的。”

“希望是这样。我真不该跟两个醉鬼一块儿出来。这一点我知道。可是我又有什么法子呢？我对他们说过，我不会跟他们一块儿去，但是他们自己开车出来啦。”

“他们自己开车出来会撞折脖子的。”

“正是这话。所以我只好来开。我只知道该这么办。”

“有时候，你真不知道究竟该如何是好。汽油请您付一块六毛。润滑油没问题吗？”

“敢情没问题。”

“谢谢，小姐。晚安。”

科拉上了车，又握住了方向盘；我和希腊人不停地唱着。我们三人向前驶去。这一切全是这出戏的一部分。我不得不喝得醉醺醺的，因为上一次谋杀没有成功，使我打消了这个念头：谋杀从头到尾可以干得一丝破绽也没有。这回是一个很笨拙的计划，看上去压根儿算不上是谋杀。它将只是一起普通的车祸，车上有醉鬼，有烈酒，以及所有其他的一切。当然，我一开始喝酒，希腊人必然也要喝点儿，所以他当时的情况正像我希望的那样。我们停下来加油，为的是会有人证明她并没有喝酒，而且因为她得开车，所以好歹也不十分乐意跟我们一块儿去。她喝了酒可不成。在这之前，我们的运气也不错。大约九点钟，就在我们停止营业前，有个人停下车想找点儿什么吃的。他站在路上，瞧见我们推推搡搡地走出店来。整场表演他全都看见了。他看见我先后两次想开动汽车，结果全停下了。他还听见我和科拉之间的争执：她说我酒喝得太多，不能开车。他也看见科拉跳下车来，听见她说她不去了。接着，他看见我试图把车子开走，车上只有我和希腊人。随后，他看见科拉把我们俩全赶下车，让我们互换了座位。我坐在后面，希腊人坐到前面。后来，他看见科拉握住方向盘自己来开车。那人叫杰夫·帕克，在恩西诺饲养兔子。科拉有他的名片；她曾经说过可能在餐厅里试着供应兔子肉，瞧瞧是否受人欢迎。倘使我们要找他，我们知道该上哪儿去找。

我和希腊人唱了《亲爱的妈妈》、《笑，笑，笑》和《沿着老磨坊的引水槽往下走》几支歌。我们不一会儿就来到了一个上面写着“通往马利布海滩”的路牌旁。科拉在那儿拐了弯。按理说，她本该像原先那样继续往前走，因为有两条干道通往海滩：一条是我们走的这条，离海滩大约有十英里；另一条在我们的左面，紧靠着海边。两条道在文图拉汇合到了一起，然后沿着海边一直通到圣巴巴拉、旧金山，以及你想去的任何地方。但是她从没有去过马利布海滩，电影明星就住在那儿。她想由这条路走，抄近路到达海滨，还可以顺便走上两英里去看看大海，然后再转过头，直接朝圣巴巴拉驶去。真实的想法是，这段路大概是洛杉矶县内情况最糟的，因此在这儿发生车祸，就连警察也不会感到惊讶。那时候天已经黑了，路上几乎没有什么来往车辆，近处也没有什么房屋或是别的，所以对我们说来正合适。

希腊人有一会儿根本就没有注意到什么。我们驶过山上一片人家管它叫马利布湖的小型避暑地区。俱乐部里正在举行舞会，一对对男女乘着独木舟在湖上划行。我朝他们乱嚷。希腊人也嚷起来。“给我一条小船。”叫不叫并没有多大用处，不过万一有人不嫌麻烦去调查的话，我们的行踪又多了一个痕迹。

我们沿着第一个长长的上坡道向前行驶，进入了山区。这条山路有三英里长。我事先告诉过科拉该怎样行驶。大部分时间，她都扳到第二挡。这部分是因为每隔五十英尺就有一个急转弯，汽车转过去时总迅速减速，因此她总扳到第二挡才不至于停下，还有一部分原因是，发动机必须发热。一切都必须查核一下。我们对所有的行动一定得有充分的说法。

这当儿，希腊人朝车外望去，看到外面一片漆黑，四周的山区显得多么险恶，见不到任何灯火、房屋、加油站或是什么别的。他突然清醒过来，开始争吵。

“停下，停下。快掉转过去。我的天，咱们走错路啦。”

“没有，咱们没有走错路。我知道我现在开到了什么地方。这条路通往马利布海滩。你不记得吗？我跟你说过，我想上那儿去看看。”

“你开慢点儿。”

“我是在慢慢开。”

“你还开得慢！咱们或许都会送了命的。”

我们开到了山顶，开始进入下坡道。科拉关上了发动机。风扇一停，车里几分钟内就热起来了。到了山脚下，她又开动了发动机。我看了一眼温度计，指针指向二百。她开始进入下一个上坡道；温度计上标明的数字不断升高。

“是，先生；是，先生。”

这是我们说好的信号。这种蠢话一个人随便什么时候都会说，谁也不会留意它。她在路边停下来。在我们的下面是一个深不见底的山洼子，肯定有五百英尺深。

“我想让它稍许冷却一下。”

“我的天，当然应该这样。弗兰克，你瞧瞧，瞧瞧上面是多少。”

“是多少？”

“二百零五，马上就要到沸点了。”

“就让它沸腾好了。”

我拿起了扳手。这玩意儿就放在我的两脚之间。但是正在这时，我瞧见前面较高的斜坡上有一辆车子闪亮的灯光。我不得不拖延一下，再等上一会儿，等那辆车子过去再下手。

“喂，尼克，再给我们唱一支歌。”

他看了看车外那些险恶的山地，似乎没有心思唱歌。接着，他打开车门走下车。我和科拉听见他在车子后面想要呕吐。那辆车子驶过时，他正站在那儿。我看了一眼车牌号，强迫自己记住它。接下去，我放声大笑。科拉回过头来望着我。

“没事儿，让他们有点儿印象也好，他们驶过时，两个人全都活着。”

“你记住车牌号了吗？”

“2R—58—01。”

“2R—58—01。2R—58—01。好，我也记住了。”

“好。”

他从车子后面走回来，看上去好像觉得好了一点。“你听见吗？”

“听见什么？”

“你大笑的时候，有回声。很好听的回声。”

他发出了一个高音。并不是唱什么歌，只是一个高音，像卡鲁索在一张唱片上那样。接着，他迅速停下，自己听听。果然不错，一个回声传来了，非常清晰，然后同样迅速地停下，就像他那样。

“像我的声音吗？”

“就像你的声音，朋友。同样的大粗嗓门儿。”

“天啊，真是妙极了！”

他在那儿站了五分钟，先发出一些高音，然后听着回声。这是他第一次听见自己的嗓音是什么样，就像一头大猩猩在镜子里瞧见了自己的脸时一样高兴。科拉不停地瞅着我。我们得赶快下手。我开始装出不高兴的样子。“真见鬼！你认为咱们没事可做，就整晚听你反复变换嗓音瞎嚷嚷吗？得啦，上车吧。咱们接着往前走。”

“时间不早啦，尼克。”

“好，好。”

他上了车，但是却把脸朝外伸到车窗上，又发出了一个高音。我双脚站定，趁他下巴还搁在窗沿上时，把扳手打向他。他的脑袋立刻开了花；我感觉得出他的颅骨碎了。他瘫了下去，缩成一团，就像沙发上的一只猫似的。当时好像过了一年，他才一动不动了。这时，科拉发出了一声古怪的哽咽声，最终变成了一声呻吟，因为他刚才发出的那个高音的回声，这当儿传来了，也是一个高音，就像他发出的那样。回声升高之后，戛然终止，等候着。

第八章

我们并没说什么；她知道该怎么办。她爬到了车的后面；我爬到了前面。我在仪表板灯光下看了看扳手，上面有几滴血。我打开一瓶葡萄酒，对着扳手倒下，直到血迹被酒冲净。那些酒全倒在了他的身上。随后，我在他衣服没被酒浸湿的部分把扳手擦干，再把扳手递给坐在后座上的科拉。她把它放到座位下边去。我对着擦扳手的地方又倒了些酒，接着“砰”的一声在车门上把瓶子砸碎，放到了他的身上。随后，我发动了汽车。酒瓶发出一阵汩汩声，酒从缺口处向外流出了一点儿。

我行驶到不远处，然后把汽车排挡扳到了第二挡。从我们当时所在的地方，我没法把它斜着开下那五百英尺的陡坡。我们只得稍后再爬下去。再说，如果它冲下这么远去，我们怎么能还活着呢？我扳到第二排挡后，缓缓地向上开到一个地势突出的地方，从那儿向下的陡坡不过五十英尺。等我开到那儿后，我驶到边上，一脚放在刹车上，用手操纵油门控制着汽车。等右前轮一落下去，我立刻使劲儿踩刹车。车子暂时停下来。这正是我所希望见到的情况。汽车一定要处于正常的状态，不能熄火，不过发动机停下后，车子就会暂时不动，让我们可以有时间完成余下得做的事情。

这时候，我们俩下了车，脚踏在路面上而不是在山肩上，以免留下脚印。她递给我一块岩石和我放在后面的一长根粗木棒。我把岩石放在后边车轴下面。它正合适，因为我选好了一块正合适的，又把那根粗木棒塞到岩石和车轴之间，然后用力往下压。车子倾斜了一下，但是却悬在那儿不动。我又用力往下压。车子又倾斜了一点儿。我开始焦急起来。我们已经到了这一步，车上现在放着一个死人。万一我们不能把车子推下去，那可怎么办？

我又使劲儿往下压；这一回科拉就呆在我身边。我们俩一块儿使劲儿往下压，接着又压了一次。这当儿，我们俩一下子摔到了路上，汽车连翻了几翻，摔到了溪谷里，砰的一声那么响，一英里外都可以听见。

车子停了，车灯仍然亮着，不过并没有燃烧起来。这本来是最大的危险。发火装置不熄，万一汽车燃烧起来，我们怎么没有给烧伤？我抓起岩石，使劲把它扔下深谷，又拾起那根木棒，带着它跑了一段路，然后把它扔在路面上。这一点儿也没使我烦心。在整个路面上，不论你往哪一方面走，都能见到卡车上掉下来的一段段木头，经汽车一压，就都裂成碎片。这只是其中之一。我先前曾经把它丢在外面路上放了一整天，因此上面也压有不少轮胎印迹，边上都给压碎了。

我跑回来，抱起科拉，和她一块儿滑下山谷。我那么做是为了我们留下的那些脚印。我本人的脚印倒一点儿也不令我烦心，因为我断定不久就会有许多人涌到那儿来，但是科拉的那个尖尖的鞋跟必须指向正确的方向，以免有人不嫌麻烦去查看个究竟。

我把她放下来，汽车仍旧悬空在半山腰，只有两个车轮着地，尼克的尸体还在车上，只是这时候他已经落到了座位旁边。酒瓶给夹在他和座位之间，在我们朝车里看时，又发出了一阵汩汩声。车顶全都凹陷进去了，两个挡泥板也彻底弯曲。我试了试车门，看看能否拉开。这一点很重要，因为在科拉到大路上去喊人来帮忙的时候，我非得上车去，用碎玻璃把自己身上划伤多处。车门看来没有大问题。

我动手乱扯科拉的短上衣，把纽扣扯掉了好几只，这样好使她看来像给撞过。科拉两眼望着我，眼睛看上去不是蓝色的，而成了黑色，我可以感觉到她呼吸急促。接着，她稍稍平静下来，紧紧偎依着我。

“把我衣服撕开！把我衣服撕开！”

我把手伸进她的短上衣里乱扯乱拉，把她的衣服全撕开了。她从咽喉到腹部全都敞开着。

“你就说是爬出汽车时弄成这样的，衣服给车门把手勾住了。”

我的嗓音听上去很怪异，好像是从一只铁皮唱机里放出来的。

“至于这个吗，你也不知道是怎么搞的。”

我先把胳膊缩回去，然后使劲儿朝她眼睛打去。她摔倒了，就倒在我的脚下，两眼闪闪发光，乳房颤动并尖尖隆起，向上直指着我。她倒在那儿，我就像一头什么动物那样喉咙里呼噜呼噜直喘着粗气，嘴里的舌头也因为充血而僵硬起来。

“成！成，弗兰克，成！”

接下来，我就跟她一块儿倒在地上，互相睁大眼睛凝视着对方，同时还互相拥抱着，尽可能靠得更紧。那时候，我就算面临下地狱的危险，也不会怎么在意。我一定要得到她，就算给绞死也不在意。

我得到了她。

第九章

接下去，我们就像吸了毒那样在那儿躺了好几分钟。四下里十分寂静，唯一能听到的声音就是汽车内发出的汩汩声。

“现在该怎么办，弗兰克？”

“前面的路很不好走，科拉。从现在起，你一定得挺住。你相信自己能挺过去吗？”

“刚才的事情发生后，我什么都能挺过去。”

“那些警察，他们会缠住你不放。他们会想方设法来使你垮掉，你对于应付他们作好了准备吗？”

“我大概有准备。”

“他们或许会把一项罪名加在你身上，不过有那么许多人好给咱们作证，我想这一点他们也办不到。但是也许会这么做。他们会给你定一个过失杀人罪，让你在监狱里蹲上一年。也许事情会这么糟，你认为自己经受得住这种惩罚吗？”

“这么说你会等着我出来啰？”

“当然会。”

“那么我就忍得住。”

“别在意我。我喝醉了。这一点他们一测试，就会知道。我会像醉鬼那样胡扯一气，把他们弄迷糊，这样等我酒醒后，按着我的方法说，他们就会相信的。”

“我记住啦。”

“你得装得对我很生气，对我喝醉了酒，对我酒后造成的这一切。”

“成，我知道啦。”

“那么咱们就说定啦。”

“弗兰克。”

“什么？”

“最要紧的只有一件事。咱们一定得相爱。要是咱们相爱，那么别的什么事就全不相干了。”

“那么咱们相爱吗？”

“让我首先来说。我爱你，弗兰克。”

“我也爱你，科拉。”

“吻我。”

我吻了她，把她搂得紧紧的。这时，我看见山谷对面的山上有一线闪烁的灯光。

“现在，快走上大路去，你会挺过去的。”

“我会挺过去的。”

“只是喊人来救命，你现在还不知道他已经死了。”

“这我知道。”

“你从车里爬出来后摔倒了，所以衣服上才弄得尽是沙子。”

“对。再见。”

“再见。”

她朝大路上走去；我朝那辆汽车奔去，但是突然间，我发现自己没戴帽子。我得赶紧钻进车子去，还必须赶快找到帽子，于是我四处乱抓，寻找帽子。那辆汽车越驶越近，再拐两三个弯就要到了。我还没有找到帽子，身上连个伤痕也没有。我不再找了，转身朝车子奔去，接着又摔倒了，谁知一只脚正给帽子绊住。我一把抓起帽子，跳上了车。我的身子刚一踏上车，就发现车子沉了下去。我感到车子翻过来压住了我。有一会儿，我就什么也不知道了。

接下来，我发现自己躺在地上，四周有许多人在喊叫、说话，声音闹闹嚷嚷。我左胳膊的一阵阵疼痛异常剧烈，以致我每次都喊出声来，我的背部也是如此。我脑子里还发出一阵轰鸣，声音一会儿极大，一会儿又消失了。到它轰鸣起来时，我就会觉得地在下沉，而我喝进去的酒就会翻上来。我半昏半醒，还能翻来滚去，两脚乱踢。我衣服上也满是沙子。这场意外得有个说法才成。

后来，我耳朵里忽然响起了一阵尖锐刺耳的声音。我给放进了一辆救护车。州里的一名警察坐在我的脚边，还有一名大夫在处理我的胳膊。胳膊上鲜血直流，手腕和胳膊肘儿间弯得像一根断树枝那样。显然，胳膊断了。我瞧见自己胳膊的这情形，又昏了过去。等我再醒来后，我看见那个大夫还在治疗我的胳膊，于是想起了自己的背部。我扭动了一下脚，看看自己是否瘫痪了。脚还能动。

救护车发出的尖叫声使我不时清醒过来。我朝四周看看，瞧见了躺在另外一张铺上的希腊人。

“是尼克。”

谁也没说什么。我又朝四处看看，可是我却压根儿看不见科拉的影子。

过了一会儿，车停下来，他们把希腊人抬出去。我等着他们来把我也抬出去，但是他们没有，这时我才知道他果真死了，用不着再胡扯一气，为他编造出一篇猫闯祸的话来了。要是他们把我们两个都抬出去，那么这就是一家医院；可他们只把他抬出去，那么这是一所殡仪馆了。

我们接着往前开。等再停下来后，他们把我抬下车，抬进楼里，把担架放在一张有滑轮的手术台上，推进了一间洁白的房间。大夫们马上做好了准备给我胳膊复位的工作。他们先推过来一台机器，以便给我注射麻醉剂，不过这时候，他们起了一番争论。当时又来了一个大夫，自称是监狱里的大夫。 他提出的意见让医院里的大夫很恼火。我知道是怎么回事，就是那些酒精测试试验。如果他们先给我注射了麻醉剂，那就会把最为重要的酒精测试试验给打乱了。监狱大夫走出房来，让我通过一只玻璃管子对一些看上去像是水的东西吹气。我一吹气，那东西就变黄了。接下去，他又抽了点儿血，还做了一些其他的采样，并通过一个漏斗倒进了好几只瓶子。随后，他们才给我注射了麻醉剂。

等我渐渐醒过来后，我发现自己躺在一间房里的一张床上，头部全都给绷带包扎着，胳膊也是一样，还多了一条吊带；背部全给护创膏包扎起来，我几乎一动也不能动了。有一名州里的警察呆在房里，正在阅读早报。我的头疼得要命，背部也是如此，那只受伤的胳膊则不时发出一阵阵疼痛。过了一会儿，一个护士走进来，给我服了一片药，我便睡着了。

我醒来时已经快到中午。他们给我吃了点东西，这时候，又有两名警察走进来。他们又把我放在一个担架上，抬下楼送上了另外一辆救护车。

“咱们上哪儿去？”

“验尸。”

“验尸。有人死了总得这么做，是吗？”

“是。”

“我就担心他们都死了。”

“就死了一个。”

“哪一个？”

“那个男的。”

“喔。女的伤得重吗？”

“不重。”

“看来情况对我相当不利，是吗？”

“你说话可得留神，伙计。跟我们说什么都没大关系，要是你想说的话，但是到了法庭上，你对自己说的每一句话都得负责。”

“这话对。谢谢。”

等我们再停下来时，我们是在好莱坞的一家承办丧葬的铺子前面。他们把我抬了进去。科拉在里面，看上去相当憔悴。她身穿一件警察局女看守借给她的短上衣，肚子四周鼓了出来，好像里面塞满了干草。她的那身衣服和鞋子上满是灰尘；挨我揍了一拳的那只眼睛完全肿了起来。有一名警察局的女看守和她呆在一起。验尸官坐在一张桌子后面，身旁是一个秘书模样的家伙。在铺子的一侧，有五六个人，一举一动都显得气呼呼的，还有几名警察在保护着他们，他们全是验尸陪审团人员。另外还有一群其他的人，警察不让他们乱走，把他们推赶到该站的地方。殡仪员踮着脚走来走去，每隔一会儿总把一张椅子塞过去让某一个人坐下。他给科拉和那个女看守也拿来了两张椅子。在另一侧的一张桌子上，有件什么东西用裹尸布罩着。

他们刚把我按照他们的意思，在一张台子上安顿好，验尸官就用铅笔敲了敲，于是验尸开始了。第一件事是按照法律程序验明身份。他们把裹尸布掀开，科拉就哭了起来，我自己也感到不大好受。在科拉和我以及陪审团成员依次看过之后，他们把裹尸布又罩上了。

“你认识这个人吗？”

“他是我丈夫。”

“姓名？”

“尼克 · 帕普达基斯。”

接下来是由证人作证。那名警官讲述了他如何接到电话，并在打电话叫了一辆救护车后，跟两名警察一块儿赶到了出事地点，他如何用他接管的一辆汽车把科拉送往医院，又用救护车把我和希腊人送往医院，以及希腊人如何在去医院的路上死去，并被安放到了殡仪馆里。接下去，一个名叫赖特的乡下佬讲述了他如何在那个拐弯处听到了一个女人的尖叫声，并听见轰隆一声响，瞧见那辆汽车仍旧亮着车灯向山谷里翻滚下去。他看见科拉在路上向他挥手求救，于是和她一块儿向下面的那辆车走去，试图把我和希腊人拖出来。由于汽车压在我们身上，他一个人办不到，因此就去叫和他同坐在一辆车上的兄弟过来帮忙。过了一会儿，又来了一些人，警察也来了。等警察接过手后，他们很快把汽车从我和希腊人身上移开，把我们送上了救护车。接下去赖特的兄弟作了差不多同样的陈述，只是补充说，是他赶回去找警察的。

再接下去，监狱的大夫讲述了我如何喝醉了酒，对希腊人胃的检查如何证明他也喝醉了，不过科拉并没有喝酒。然后他讲述了是哪块骨头碎了，才要了希腊人的命。接下去，验尸官转身对着我，问我是否想要作证。

“是，先生，我想是这样。”

“我先得告诉你，你所作的任何陈述都有可能给用来攻击你，所以除非你愿意，要不然你可以不作证。”

“我没有什么要隐瞒的。”

“那么好。这件事你都知道些什么？”

“我所知道的就是，起初我还在往前走。后来我觉得车子塌了下去，有件什么东西击中了我。在医院里醒来之前，这就是我所能记得的。”

“你在往前走吗？”

“是的，先生。”

“你是说是你在开车？”

“是的，先生，是我在开车。”

这不过是我的瞎胡扯，往后到了关键的时刻我会再把这话收回。这对这次验尸并不重要。我心想如果我先胡诌上一通，然后再回过来重说上一套，那么后来说的那一套听上去反倒像是真实的，而要是我从一开头就坚持一种说法，那么听起来反倒给人一种事先准备好了的感觉。我这次跟上次不同，从一开始就故意给人造成一种不好的印象。但是如果不是我在开车，那么我就是给人造成一种不好的印象，也没多大关系，他们并不能拿我怎么样。我担心的倒是上次让我们搞糟了的那场毫无漏洞的谋杀。只是一件小事，可我们就搞糟了。但是这次，要是因为我喝醉了酒而给人造成不好的印象，那么即便有些方面不好，再糟也糟不到哪儿去。整个事件反倒显得不大像是一次谋杀了。

警察全面面相觑；验尸官也仔细打量着我，好像认为我疯了。这件事的经过他们已经全听说了：我是怎样从汽车后座下给拖出来的。

“你确信是你在开车吗？”

“绝对正确。”

“你一直在喝酒吗？”

“没有，先生。”

“你听说了他们对你测试的结果吗？”

“我压根儿不知道什么测试。我所知道的就是，我压根儿没有喝酒。”

他转身对着科拉。科拉说她知道什么就说什么。

“那辆车子当时到底是谁在开？”

“我在开。”

“这个人坐在哪儿？”

“坐在后座上。”

“他一直在喝酒吗？”

她把两眼稍稍朝其他地方望了望，咽了一口唾沫，又哭泣了几声。“我非得回答吗？”

“除非你乐意，要不你什么问题也不用回答。”

“我不想回答。”

“那很好。用你自己的话说说，到底发生了什么事情？”

“我正开车往前走，正驶上一条长长的上坡道，汽车很快热起来。我先生说，最好停下来，让车子逐渐冷却下去。”

“有多热？”

“超过二百度。”

“往下说。”

“因此等我们一开上下坡道，我就把发动机关闭了。等我们到了山脚下，车上仍旧很热，于是再一次上坡以前，我们停下了。也许停了有十分钟。然后我又发动起来，接下去我也不知道出了什么事。我扳到高挡，马力不够，又连忙扳到二挡，两个男人还在聊天。也许是由于挡换得太快，好歹我只觉得车子的一面凹了下去。我大声嚷着，叫他们俩赶快跳车，可已经来不及了。我只觉得车子在不停地翻滚。接下去，我所知道的就是，我正设法从车上跳出来。后来，我总算出来了，又爬到了大路上。”

验尸官又转脸向着我。“你想干什么？想包庇这个女人吗？”

“我没觉得她刚才说的话是想怎样包庇我。”

陪审团走出去了，过了一会儿又回来，作出了一项裁决说：尼克·帕普达基斯由于在马利布湖路上的一次车祸而死亡，导致车祸的全部或部分原因是由于我和科拉的犯罪行为，建议把我们拘留起来，听候大陪审团作出裁决。

那天晚上，另外一名警察在医院里看着我。下一天早上，他告诉我说，萨基特先生要来找我，我最好作好准备。我还是不大能动，不过我让医院里的理发师给我刮了刮脸，让我尽可能显得精神点儿。我知道萨基特是谁。他就是地方检察官。大约十点半钟，他来了；警察走出房去，房里就只有他和我。他是一个身材高大的人，头顶已经秃掉，态度轻松、活泼。

“哟，哟，哟，你觉得还好吗？”

“我觉得还可以，法官，只是把我稍许吓了一跳，不过我会好起来的。”

“你这话就和从飞机上摔下来的乘客所说的一样：一次极有意思的飞行，就是着陆时稍许有点儿困难。”

“说得对。”

“唔，钱伯斯，要是你不想跟我说话，你可以不说，不过我上这儿来，部分原因是来看看你怎么样，部分原因是因为，根据我的经验，一次开诚布公的谈话，往后可以省去不少气力，有时还可以给整个案件的处理铺平道路，因为一番开诚布公的谈话之后，就可以提出恰当的申诉。不管怎样，像人们通常所说的那样，等事情一了结，咱们相互之间会更了解。”

“这话对，法官。您想知道些什么情况？”

我把话说得听上去相当狡猾；他坐在那儿，打量了我一番。“咱们从头开始怎么样？”

“您是说这次旅行吗？”

“对，我想听听事情的全部经过。”

这时，他站起身，开始在房里来回走。房门就在我的床边，我一下把门拉开。刚才走出房的那名警察正在走廊中间跟一名护士聊天。萨基特放声大笑起来。“不，在这件事上，咱们不用口述录音机。除了电影里以外，实际上并没人用那玩意儿。”

我让自己的脸上露出了窘迫的笑容。我使他表现得正像我希望见到的那样。我对他开了一个愚蠢的玩笑；他占了上风。“好吧，法官，我想我刚才那样一定很蠢。好吧，我就从头开始，把一切全对您说了。情况确实对我不太有利，不过我想撒谎也不会有什么好处。”

“这样想就对啦，钱伯斯。”

我告诉他我怎样离开了希腊人，有一天又怎样在街上遇见了他，他叫我回去继续帮他干活儿，并邀请我和他们一块儿上圣巴巴拉去旅游，顺便把这件事详细谈谈。接着，我又讲了我们俩喝酒，怎样由我开车上路。这时候，他打断了我的话。

“这么说，是你在开车啰？”

“法官，那么请你告诉我是谁在开车？”

“你这话什么意思，钱伯斯？”

“我的意思是说，我听见了她在验尸时所说的话，也听见了那些警察所说的，知道他们在哪儿找到了我，所以我知道是谁在开车啰。没错，是她在开。但是如果我根据自己的记忆来说，那么我得说，是我在开车。我并没有对验尸官撒过什么谎，法官。我仍旧觉得是我在开车。”

“喝醉酒一事，你撒谎了。”

“对。我喝了很多酒，还有他们给我的乙醚和麻醉药。我确实撒谎了，不过现在，我清醒了，知道能使我摆脱眼前这一切的只有实情，倘若有什么能使我摆脱这一切的话。不错，我是喝醉了，喝得烂醉。我当时所能想到的就是，我决不能让他们知道我喝醉了，因为是我在开车。万一他们发觉我喝醉了酒开车，那我就完蛋了。”

“你对陪审团会这么说吗？”

“我不得不这么说，法官。不过我还是不明白，怎么会是她在开车呢。上路时是我开的。这一点我知道。我甚至还记得有个家伙站在那儿笑我。后来，等车翻下去时，怎么又是她在开呢？”

“你开了大约两英尺远。”

“您是说两英里吧？”

“我说的是两英尺，接下来她就从你手里接过了方向盘。”

“哎呀，我当时一定已经醉啦。”

“哎，你说的这些话，陪审团也许会相信。听起来好像你是在信口胡说，可实情往往总是这样。不错，他们也许会相信的。”

萨基特坐在那儿望着自己的指甲。我很费了一番劲儿，才没让脸上露出一丝笑容来。等他又开始问我话时，我很高兴。这样我可以把心思集中在一件别的事情上，而不老去想着自己多么轻易地就愚弄了他。

“你什么时候开始给帕普达基斯干活儿的，钱伯斯？”

“去年冬天。”

“你在他那儿干了多久？”

“直到一个月以前，或许有六星期。”

“你是说你给他干了六个月吗？”

“大约有这么久。”

“在那以前，你都干了些什么？”

“唔，四处流浪。”

“一路免费搭乘人家的车子走吗？还偷偷搭乘上货车？哪儿能讨到口饭吃就上哪儿讨？”

“对，先生。”

他打开一个公文包，把一堆文件放到了桌上，开始翻阅起来。“去过弗里斯科[1]吗？”

“我就生在那儿。”

“堪萨斯城呢？纽约？新奥尔良？芝加哥呢？”

---

① 即旧金山。

“我全去过。”

“进过监狱吗？”

“进过，法官。一个人四处流浪，难免有时会和警察惹上麻烦。是的，先生，我进过监狱。”

“进过塔斯克森监狱吗？”

“是的，先生，我想在那儿给关了十天吧。那是因为非法进入铁路领地。”

“盐湖城？圣迭戈？威奇塔呢？”

“是的，先生，所有这些地方我全去过。”

“奥克兰呢？”

“我在那儿给关了三个月，法官。我跟一个铁路探员打了一架。”

“你把他打得不轻，是吗？”

“唔，那家伙说他给打得不轻，可你也该瞧瞧另一方，我也给他打得不轻。”

“洛杉矶呢？”

“去过一次，不过只呆了三天。”

“钱伯斯，好歹你怎么会给帕普达基斯干起活儿来的呢？”

“只不过是一件偶然的事。我身上当时一个子儿也没啦，而他又正需要个帮手。我突然上他那儿去，本想找点儿东西吃。他提出给我一份活儿干，我就接受了。”

“钱伯斯，你不觉得这很奇怪吗？”

“我不明白您这话是什么意思，法官？”

“我是说，你四处流浪了这么多年，而且据我看，又从来没干过什么活儿，甚至从来没有尝试着去干点儿什么活儿，怎么会突然安定下来，去干活儿了呢，而且干得很稳妥，这一点你自己不觉得奇怪吗？”

“这份工作，我并不怎么喜欢，这一点我承认。”

“但是你却干下来啦。”

“尼克是我认识的人里最好的一个。我赌钱赢了后，曾经试图告诉他我不干了，不过我又实在不忍心对他说，因为他以前在找帮手方面曾经碰上过不少麻烦。后来，他出事了，不在店里，我就跑了。我跑了，就是这么回事。我想我应该对他更好点儿才对，可我的脚闲不住，法官，我的脚叫我走，我就得跟着它们一块儿走，于是我就悄悄地离开了。”

“后来，就在你回来后第二天，他就给杀了。”

“您这么说可真叫我感到很糟，法官，因为，也许我对陪审团说的话不大一样，可我对您说的却是，我觉得这次事情很大程度上都是我的过失。要是那天下午我没上他那儿去，没有促使他喝酒，也许他今儿还活着。您总明白，也许我说的这些话跟这件事压根儿没有关系。我也不知道，因为我当时喝得大醉，不知道出了什么事。不管怎么说，要是她车上没有两个醉鬼，也许她会开得好点儿，是不是呢？这好歹就是我对这事的看法。”

我望望他，看他对我这番话怎么个想法。他根本没有看我。突然一下他跳起来，走到床边，一把揪住了我的肩膀。“说实话，钱伯斯，你干吗在帕普达基斯那儿呆了六个月？”

“法官，我不明白您的意思。”

“你明白的，我瞧见过那个女人，钱伯斯。我猜得出你干吗留下来。她昨儿在我的办公室里，一只眼睛发青，伤得也不轻，不过即使那样，她看上去还是很标致。为了得到这种美人儿，许多人不管脚闲得住闲不住，全都终止了流浪生活。”

“我的脚好歹也并没闲住。不，法官，您说错啦。”

“你的脚也没逛上多久。这真太好了，钱伯斯。眼下，出了一起车祸，昨儿还是件一目了然、准确无误的杀人案件，今儿却烟消云散，什么也没有了。不论我查问到哪儿，总冒出一个证人来提供给我点儿情况；等我把他们提供的情况汇合到一块儿时，构成一件案子的证据竟然什么也没有了。得啦，钱伯斯，你和那个女人一块儿杀了那个希腊人。你越早供认，对你越有利。”

我现在告诉你们，那时我脸上可一点儿要笑的意思也没有了。我只觉得嘴唇麻木，张开嘴，却什么话也说不出。

“唔，你干吗不说话啦？”

“您在攻击我，说我做了一件相当恶劣的事，我不知道该说什么是好，法官。”

“几分钟前你还说得头头是道，说什么只有说实话，才能使你摆脱掉眼前的这一切。你现在干吗什么也不说了？”

“您把我全弄迷糊了。”

“好吧，咱们就一件一件来谈，这样你就不会弄迷糊了。首先，你一直都在和那个女人睡觉，是不是？”

“绝对没有的事。”

“帕普达基斯住在医院里的那一星期里，怎么样？你那时候睡在哪儿？”

“在我自己的房间里。”

“她也睡在她的房间里吗？得啦！我告诉你，我见到过她。要是我的话，就算是得把她的房门踹开，犯下强奸罪给绞死，我也会闯进去的。你也一样。其实你就是这么做了。”

“这种事我甚至连想也没有想过。”

“那么你跟她一块儿三番五次上格伦代尔的哈塞尔曼市场去又怎么样呢？回来的路上，你和她都干了些什么？”

“那一次次都是尼克本人让我去的。”

“我并没问你是谁让你去的，我是问你们都干了些什么？”

我感到晕头转向，非得赶快对它采取某种行动。我所能想到的就是发起火来。“好吧，就算发生了关系。其实我们并没有，不过您说我们发生了，那就算发生了。唔，要是事情真是那么容易，那么我们又干吗要杀死希腊人呢？哟，法官，我倒是听说过，有人为了没做成您说我和那女人做了的事而去杀人，可从没听说过有谁已经做成了那种事而去杀人的。”

“没听说过吗？那么我来告诉你，你为什么要杀死他。拿一件事来说，他有那一份产业。帕普达基斯为了置办它，花了一万四千元，当场付的现款。同时也为了得到那一份小小的圣诞礼物，你们认为两个人同登上一条船，冒上一点儿风险，会得到它的。那就是帕普达基斯给他自己投的那一万元人身意外伤害保险金。”

我这时还能看见他的脸，不过四周的一切全渐渐黑了下去，而我则在尽力不容自己昏倒在床上。接下去，他拿着一杯水伸到我嘴边。“喝口水。你会觉得好点儿的。”

我喝了点儿水，也的确需要喝。

“钱伯斯，我认为在相当一段时间里，这是你参与的最后一起谋杀了，不过要是你再想策划一起，那么瞧在上帝的分上，别把保险公司牵扯进去。他们在一起案子上花费的钱是洛杉矶县肯允许我花的五倍。他们手下的侦探也要比我所能雇用的侦探强五倍。他们对自己的材料知道得一清二楚；

眼下他们正在跟踪你，因为对他们说来，这里边有钱的问题。这也是你和她犯下的一个大错误。”

“法官，但愿救世主可以杀了我，在这以前，我可从没有听说过什么保险单。”

“那你为什么脸色一下白得像一张纸？”

“您难道不会这样吗？”

“唔，打一开始就让我站在你这边怎样？彻底坦白，迅速认罪，然后法庭那边的事由我来替你办，你看怎么样？为你们俩请求从宽处理。”

“绝对不成！”

“那你刚才告诉我的那一套又怎么说呢？什么只说实话，什么只好对陪审团全盘招供等等。现在，你以为你撒谎就能得救了吗？你以为我会容你这样吗？”

“我不知道您会容忍点儿什么。真见鬼！您坚持您的意见；我坚持我的。我没有杀人，我坚持的就是这一点。您听明白了吗？”

“这可叫我没想到，跟我来硬的，是吗？好吧，你给我听明白，你这就要知道我准备告诉陪审团的实际上是什么了：首先，你和她一块儿睡觉，不是吗？后来，帕普达基斯出了一起小小的意外事故，你和她就纵情欢乐，夜里同床共枕，白天上海滩去玩耍，手挽着手，眉目传情。后来，你们就想出了一个好主意。既然他这次出了点儿事故，那就让他去办理一份意外伤害保险单，然后把他干掉。这样你就离开了，好让她有机会去办成这件事。她不停地絮絮叨叨，不久她就让他同意了。他办理了一份保险单，数目很大的保险单，保险范围包括意外伤害、健康以及所有其他的项目，总共花了四十六元七角二分。这样，你们就准备好啦。两天以后，弗兰克，钱伯斯故意偶然在街上碰见了尼克·帕普达基斯。尼克试图说动弗兰克回来继续给他干活儿。可是真没想到，尼克和他太太已经安排好了要上圣巴巴拉去，旅馆也定了，其他的一切也全办好了。弗兰克·钱伯斯当然没有法子，只好念在过去的交情，和他们一块儿去。你于是去了。你在路上把希腊人灌得有点儿醉，自己也喝下了不少酒。你还在车上放了两三瓶酒，就为了让警察非常恼火。还有，你们不得不走马利布湖大道，这样她可以看见马利布海滩。这是不是个好主意呢？都夜里十一点了，她却要开车驶下那儿去看一排前面海浪汹涌的房子。可你们并没有驶到那儿。你们停下了。就在你们停下时，你用一只酒瓶打了希腊人的脑袋。用这玩意儿打一个人的脑袋可真不错，钱伯斯，这一点你知道得比谁都清楚，因为这正是你在奥克兰用来打那个铁路探员脑袋的家伙。你打了尼克的脑袋后，那个女人就开动了汽车。在她踩上踏板往外爬的时候，你从后面探身向前，握住方向盘，用手动油门控制着汽车，车子并不需要多少汽油，因为你们是扳到第二挡。等她踩上踏板以后，她又接过方向盘，用手动油门控制着车子。这时，轮到你爬出去了。可你真的有点儿醉，是吗？你动作太慢；她把车子从边上推下去时又过快了点儿。因此她跳下来了，而你却给困在车里。你以为陪审团不会相信这些，是吗？他们会相信的，因为我会证明这一切：从这次海滩旅游到手动油门。等我证实了这一切后，你就不会得到什么宽大处理了。小伙子，你得到的只是绞索；你就给吊在一头。他们就会把你的尸首从绞索上割下来，和所有那些笨蛋埋在一块儿。那些人全是原本可以不掉脑袋的，可是他们他妈的太笨，不会抓住机会做上一笔交易。”

“压根儿没有这样的事，据我知道，没有这样的事。”

“你到底想跟我说什么？说是她杀了希腊人吗？”

“我并不想跟你说有谁杀了人。别来跟我搅和了！根本就没有这样的事。”

“你怎么知道没有？我还以为你喝得太醉了哩。”

“根本就没有这样的事，这我知道。”

“那么你的意思是说，是她杀了希腊人啰？”

“我压根儿不是这种意思。我刚说了什么，我就是那意思，没有别的意思。”

“听着，钱伯斯，车上有三个人，你和她，还有希腊人。希腊人肯定没有干。倘若不是你干的，那就只剩下她了，是吗？”

“到底有谁说是什么人干的？”

“我说。现在咱们有点儿进步啦，钱伯斯。也许不是你干的，你说你讲的是实话，也许你讲的是实话。不过要是你只把她看作一位朋友的太太，那么你该对这件事采取某种行动，是不是呢？你该写个控诉状签名控告她。”

“您说控诉状是什么意思？”

“如果她杀了希腊人，那么她也曾经想杀死你，是不是呢？你不能让她不受到惩罚就脱身，要不然人家也许会觉得相当奇怪。当然，你要是容她就此脱身，人家会认为你挺傻。她为了获得保险赔偿金而杀死了自己的丈夫，也想要把你干掉。对这一点，你该采取什么行动，是不是呢？

“要是她这么干了，我也许会采取什么行动，可我并不知道她当真这么干了。”

“要是我向你证明，是她干了这件事，那么你就会签名控诉她，是不是呢？”

“要是您能证明，那当然啦。”

“好吧，那我就来证明。你们停下车后，你从车里走出来，是吗？”

“不是。”

“什么？我还以为你喝得烂醉，什么事也记不清了。这是你第二次又记起了当时发生的事情。你真叫我感到惊讶。”

“据我知道不是那样。”

“那么你下了车。听听这个人的陈述：‘我们经过时，我对那辆车子没太留意，就只看见一个女人坐在方向盘前，车上有一个男人在大笑，另一个男人在车子后座外面想要呕吐。’这么说，你是在后座外面呆了一会儿啰，你吐了。她就是在这个时候用酒瓶打了帕普达基斯的脑袋。你回到车上后，什么也没注意，因为你当时喝醉了，而帕普达基斯好歹已经失去了知觉，也就几乎没什么可注意的了。你坐在后座上，昏睡过去。她于是趁此机会把车速扳到第二挡，把手放在手动油门上，用它控制着车子。等她跳到外边的踏板上，她就把车子推翻下去。”

“您这么说并不就能证明，是她干了那种事。”

“我能证明。证人赖特说，他从拐弯处开过来时，那辆车子正一连翻了几下掉下山谷去，而那女人却在路上，朝他挥手求救 。”

“也许她跳下车来了。”

“要是她跳下车来，那她手里还拿着手提包，你不奇怪吗？钱伯斯，一个女人会拿着手提包开车吗？跳车的时候，她还有时间把包拿起来吗？钱伯斯，这是办不到的。汽车正翻下一片山谷去，你想从车上跳下来，这是不可能的。车翻下去时，她不在车上！这就证明了是她干的，对吗？”

“我不知道。”

“你说你不知道，这是什么意思？你到底在控诉状上签名还是不签名？”

“不签。”

“听着，钱伯斯，那辆车子翻滚下去稍微过早了一点儿，这并不是意外事故。这不是你就是她干的；她并不希望由你来干。”

“让我清静一会儿，真不知道你在说点儿什么？”

“小伙子，还是这个问题，不是你就是她干的。要是这事跟你没关系，那你最好还是在这份控诉状上签名比较好，因为要是你不签，那么我就知道了，陪审团也会知道的。法官也会知道。而设下这个陷阱的那家伙也会知道的。”

他朝着我望了一会儿，然后走出去了，紧接着又领了一个人回来。那人坐下，用一支墨水笔填好一份表格。萨基特把表格拿过来给我。“就在这儿签，钱伯斯。”

我签了名，满手尽是汗水，弄到了纸上，那另一个人不得不把汗水从纸上擦去。

第十章

萨基特走后，那名警察又回到房里来，咕咕哝哝地说要和我玩二十一点。我们玩了几局，但是我无法定下心来。我于是用一只手出牌，好像打牌使我心烦意乱那样，接着就不玩了。

“他搞得你心烦意乱，是吗？”

“有点儿。”

“萨基特这人很不好应付。所有碰上他的人都给他搞得心烦意乱。他看上去像一位对人类满怀爱心的传道士，其实他有一副铁石心肠。”

“铁石心肠，说得对。”

“这个城里只有一个人能应付他。”

“是吗？”

“一个叫卡茨的家伙。你敢情听说过他。”

“当然啦，我听说过。”

“他是我的朋友。”

“这可是一位值得一交的朋友。”

“嗐，你眼下还不能请律师。你还没有受到控告，所以也不能找人。他们可以把你单独禁闭上四十八小时，这是他们的说法。不过要是他上这儿来，我只好让他见你。你明白吗？他可能会上这儿来，要是我恰巧和他谈起你的事的话。”

“你是说你也分到一点儿回扣吗？”

“我的意思是说，他是我的一位朋友，要是他不给我点儿回扣，那他也就算不上什么朋友了，是吗？他是个了不起的人。在本市，只有他能扳倒萨基特。”

“你可以去跟他谈谈，朋友，越快越好。”

“我这就回来。”

他走出房去一会儿，回来后向我眨了眨眼。果然，没过一会儿，传来了一下敲门声，卡茨随即走进房来了。他个子不高，大约四十岁，脸上显得苍老、粗糙，蓄着两撇小黑胡子。他进来后做的第一件事就是，掏出一袋布尔·德拉姆牌烟丝和一小包褐色包装纸，自己卷了一支烟。他把烟点着后（烟卷就有半边烧着了，他也没有再去在意），就让它歪叼在嘴外边。我始终没弄清楚，烟是着了还是熄了，他是醒着还是睡着。他就坐在那儿，半闭着眼睛，一条腿搭拉在椅子的扶手上，帽子推到后脑勺儿上，就是这样。你也许会认为，对于一个处在我这种境况中的人来说，看到他那种样子一定很丧气，但是事实并不是这样。他也许是睡着了，但是即使睡着了，他看上去知道的事情也好像比大多数醒着的人还多。我喉咙有点儿哽塞，就好像那辆轻快的双轮战车已经驶了下来，就要把我带走。

那名警察看着卡茨卷香烟，就好像在看卡多纳翻那种一连翻三下的筋斗似的。他简直不想走开，可是他又不得不走。等他走出去后，卡茨对我做了一个手势，叫我开始讲。我向他说了我们如何出了一件意外事故，萨基特如何想说我们是为了得到保险赔偿金而杀害了希腊人，以及他如何迫使我在那份控诉状上签了名，指控科拉也试图杀死我。他细心听着，等我说完，他又在那儿坐了一会儿，什么也没有说。然后，他站起身。

“他确实使你处境很为难。”

“我本不该签字的。我不相信她会做那样一件该死的事，不过他硬逼着我签。现在，我真不知道自己落到了哪步田地。”

“嗳，你好歹不该签字的。”

“卡茨先生，你能帮我做一件事吗？你可不可以去看看她，告诉她——”

“我会去看她的，还会告诉她那些她知道了对她有好处的事情。至于其他的事，我会处理的，也就是说我会来帮你处理的。你明白我的话了吗？”

“是的，先生，我明白了。”

“传讯的时候，我会陪你一块儿去。或者反正有一个我选中的人陪你一块儿去。既然萨基特已经强迫你提出控告，我也许不能同时给你们两个出庭辩护，不过我会处理好这件事的。现在，再说一遍，既然我接下了这件事，不论我做什么，我都会帮你处理好。”

“不论你做什么，卡茨先生。”

“我还会再来看你的。”

那天晚上，他们又把我放到了一张担架上，抬我到法庭上去接受传讯。那是治安推事的法庭，不是正规法庭，没有什么陪审席、证人席或是其他那类东西。治安推事坐在一个台上，身旁站着一些警察，面前是一个长桌子，横过整个房间。凡是有谁想要说什么话，就把下巴搁在那张桌子上说。房间里有一大群人。当他们把我抬进去时，摄影记者们就连连对着我拍照。从那一片嘈杂声中，你就可以断定，有件重大的事正在这儿进行。我躺在担架上，看不到多少情况，不过我还是瞥见了科拉一眼。她和卡茨坐在前排长凳上；我还瞥见了萨基特。他正在房间的另一边跟一些提着公文包的人说话。还有些验尸时在场的警察和证人。他们把我放在长桌前面临时拼凑起的两张桌子上。他们还没有给我把毯子盖好，一起关于一个中国女人的案件就结束了。有一名警察开始敲敲桌子，要求大家安静。在他这么做着时，一个年轻人弯下身来，自我介绍说他姓怀特，卡茨叫他来作为我的代理人。我点点头，但他不停地低声说，是卡茨先生派他来的。那名警察发起火来，开始使劲儿猛敲桌子。

“科拉·帕普达基斯。”

科拉站起身来。卡茨把她领到长桌旁边。科拉从我身边经过时，几乎碰到了我。说来似乎可笑，在那一片纷乱中，我又闻到了她身上的气味，还是那种老使我约束不住自己的气味。她看上去比前一天稍许好点儿，换了一件较为合身的短上衣。她的套装已经洗烫过，鞋子也擦过了，一只眼睛虽然仍旧发青，但肿已经消去。其他有关的人也跟她一块儿到了前面。他们站成一排后，警察叫他们举起右手，然后开始念念有词地带头宣誓，保证自己所说的全是实话，决无谎言。他说到一半停下来，往下看，瞧瞧我的右手是否也举了起来。我开始没有举，这时才连忙用力把右手举起来。他咕咕哝哝重新说了一遍，我们也都跟着说了。

治安推事摘下眼镜，对科拉说，她被控犯有谋杀尼克·帕普达基斯的罪行，同时还犯有攻击弗兰克·钱伯斯、以便杀死他的罪行；如果她有意的话，她可以进行申辩，但是她所作的任何申辩都可以被用来指控她；她有权请律师代她申辩；她的有效申辩期限为八天；在这一时期内，她随时都可以请求开庭辩护。那是一大篇夸夸其谈。在他讲完前，你不时可以听见有人在咳嗽。

治安推事说完以后，萨基特开始说了起来，说他将证实自己接下去所说的一切。他的话和当天上午他和我说的那一大套总体上差不多，只是这次他使自己的陈述听起来十分严肃。等他讲完后，他开始请证人出庭作证。首先是救护车上的大夫，他讲述了希腊人死去的时间和地点。接下去是监狱的大夫，是他验尸的；再接下来是验尸官的秘书，他证实了验尸记录，并把记录呈交给了治安推事。后来，又上来了两个证人，但是我忘了他们说了些什么。等那一大批人说完以后，他们所证明的就是，希腊人死了。这件事好歹我已经知道，因此我并没有怎么在意。卡茨始终没有对他们中的任何一个提问。治安推事每次总望望他，他总挥挥手，证人于是就退到一旁去了。

在证人们全证明希腊人的确死了以后，萨基特认为事实已经清楚，于是拿出了一些有分量的材料来。他叫来了一个自称是代表美国太平洋各州意外事故保险公司的人。这个人讲述了希腊人如何在五天以前刚取得了一份保险单。他还讲述了希腊人的投保范围：如果患病，希腊人将在五十二周内每周得到二十五元的赔偿；如果在意外事故中受伤、不能工作，也将得到同样的赔偿；如果丧失了四肢中的一肢，将得到五千元的赔偿；如果丧失了两肢，将得到一万元的赔偿；而如果在意外事故中丧生，他的寡妇将得到一万元的赔偿；如果事故是发生在火车上，他的寡妇将得到两万元的赔偿。等他讲到这儿时，他的话听起来开始像在推销商品。治安推事举起手让他停下。

“我需要的保险我全都保了。”

大伙儿对治安推事开的玩笑哄堂大笑起来，连我也笑了。他的话听起来十分风趣，你管保也会感到惊奇的。

萨基特又问了几个问题，然后治安推事转向卡茨。卡茨想了一会儿。等他开口对保险公司那人说话时，他话说得很慢，仿佛想确保每一个字都准确无误似的。

“你是这起诉讼的当事人之一吗？”

“从某种意义上说，我是的，卡茨先生。”

“你希望逃避偿付这笔赔款，理由是有人犯了罪，对吗？”

“对。”

“你当真相信有人犯了罪，相信这个女人杀了她的丈夫，以便得到这笔赔款，同时她还想要杀死这个男人，或者故意使他落入危险的、可能会送了命的境地，所有这些都是这个女人为了获得这笔赔款所制订的一部分计划，是这样吗？”

那家伙微微笑了笑，想了一会儿，就好像他也要回报一下对方的恭维，把每一个字都说得准确无误似的。“为了回答这个问题，卡茨先生，我得说，我经手过成千上万件这样的案子，这种诈骗的案子我每天都要碰到，所以我认为，我对于调查这类案件特别有经验。我可以说，在我为这家和其他几家公司工作的所有这些年里，我还从没见过一件再清楚明白的案件了。我不仅相信有人犯了罪，卡茨先生，我实际上还知道有人犯了。”

“我没问题啦。法官先生，对于这两项指控，我都承认她有罪。”

倘使他在法庭上扔下一枚炸弹，他也不会使庭上的人们更为迅速地骚动起来。记者们纷纷冲到前面，摄影记者们也涌到长桌子前边来拍照。他们不停地互相碰撞。治安推事发起火来，开始敲击桌面，要大伙儿遵守秩序。萨基特看上去就好像挨人开枪击中了那样。整个法庭上人声沸腾，就像有人突然把一只贝壳塞到了你的耳旁。我尽力去看科拉的脸，不过我所能看到的只是她的嘴角。她的嘴角不住地在抽动，就像有人大约每过一秒钟就把一根针扎进她嘴去那样。

我所知道的下一件事就是，抬担架的那几个人把我抬起来，跟着那个叫怀特的青年人走出了法庭，接着他们抬我跑步穿过两间大厅，进了一间房，房里有三四名警察。怀特说了句什么关于卡莰的话。警察们听了后，就离开了，抬担架的人把我放在那张办公桌上后，也走出去了。怀特在房间里转了一会儿，随后房门打开；一名女看守带着科拉走了进来。接下去，怀特和女看守走了出去，把门关上，房间里就剩下我们了。我试着想点儿话说，却不知道说什么好。科拉来回走着，瞧也不瞧我一眼。她的嘴角仍旧在抽搐。我不停地咽口水；过了一会儿，我总算想出了一句话。

"咱们受骗了，科拉。"

她什么话也没说，只是不停地走来走去。

"那家伙卡茨，他只是警察们的一个眼线。看守我的一名警察叫他来给我帮忙，我原以为他是个诚实可靠的人。可是咱们受骗了。"

"啊，没有，咱们没有受骗。"

"咱们是受骗啦。那名警察向我推荐他的时候，我本该想到的。可我没有。我还以为他诚实可靠哩。"

"我受骗了，可你没有。"

"我是受骗了，他也戏弄了我。"

"现在，我全明白了。我明白了为什么得由我来开车。我也明白了上一次为什么要我去下手而不是你。啊，是的，我爱上了你，因为你很机灵。现在，我才发现你真是很机灵。这是不是很古怪呢？你爱上了一个人，因为他机灵，接下来你发现他果真很机灵。"

"你到底想跟我说什么，科拉？"

"受骗啦！我想说我受骗啦。你和那个律师，你们安排得挺好。你们安排好，说我也试图把你杀了。这样一来，看上去就好像你不可能跟这件事有任何关系。然后，你们让我在法庭上认罪。这样一来，你跟这事压根儿就毫无关系了。好吧，我想我真是够傻的，不过我还没傻到那个分上。听着，弗兰克·钱伯斯先生。等我把事情全说清楚后，再瞧瞧你有多机灵。要知道机灵过了头是怎么个情形。”

我试着跟她理论，但是一点儿也没有用。她气得连涂了口红的嘴唇也变得发白了。这时，门一下给推开，卡茨走进来了。我想从担架上跳起来跟他拼命，可我却一动也不能动。他们用绷带把我包扎着，所以我无法动。

“滚出去，你这该死的眼线。你会处理好这件事。我得说你处理得真好，但是现在，我总算知道你是个什么角色了。你听见我说的话吗？给我滚出去！”

“哟，怎么回事，钱伯斯？”

你听他的口气，还会以为他是一位主日学校的老师，瞧见一个孩子因为口香糖给人拿走而哭起来，忙去劝他那样。“哟，怎么回事？我是在把这件事处理好。我不是跟你说过吗？”

“对，你是说过。要是有天你落到我手里，让你知道我的厉害，到那时，但愿上帝会帮助你。”

他望望科拉，好像这是一件他就是弄不明白的事，也许她可以帮他解决一下。科拉走到他身边来。

“这个人，这个人和你，你们串通一气来对付我，让我受到惩罚，而他却可以逍遥法外。嗨，这件事他和我两人都有份，他决不会逃脱惩罚的。我这就要把真相全说出来，全部真相，马上就说。”

他望着她，摇摇头，那副十分虚假的样子，是我在一个男人脸上从未见到过的。“哎，亲爱的，我可决不会那么做。要是你让我处理这事的话——”

“你已经处理过了。现在，由我来处理啦。”

卡茨站起身，耸了耸肩，走出房去了。他刚走出去，一个大脚丫、红脖子的家伙提着一台手提式打字机走了进来，把打字机放在一张椅子上，还用两本书垫在下面，迅速把打字机打开，然后望着科拉。

“卡茨先生说你想要作一篇陈述，是吗？”

他的嗓音短促、尖细，说话的时候，脸上还有一种露齿的微笑。

"对，一篇陈述。"

她开始断断续续地说起来，每次讲两三个词。他跟着她的速度迅速地在打字机上打下来。她把事情全都说了：她回溯到最初，说她是怎样见到我的，我们怎样开始相恋，有一次怎样曾经试图把希腊人干掉，但却没有成功，等等。有两次，一名警察从门外探进头来，但是打字的那人举起手来，表示还没有打完。

"得再过几分钟，警官。"

"成。"

等她讲到最后时，她说自己对希腊人投保的事一点儿也不知道，我们压根儿不是为了这个想杀死他的，只是想干掉他。

"就是这些。"

他把打好的各页收集起来；科拉在上面签了字。"请你在每一页上就签下你姓名的第一个字母，好吗？"她签下了以后，那个人拿出了一枚公证人印章来，让她举起右手，盖了章，再签好字。接下去，他把那份材料放进口袋里，关上打字机，走了出去。

她走到门口，对女看守大声说道，“我好了。”女看守走进来把她带走。抬担架的人也进来把我抬了出去。他们跑步前进，但是路上碰上了在围观科拉的那群人，给堵住了一会儿。她当时和女看守正站在电梯前，等着到上面的监狱去。监狱在司法大楼的顶层。抬我的人挤过人群，向前走去，结果我身上的毯子给挤落下去，沿地拖曳。科拉拾起毯子来，替我塞塞好，然后迅速转身走开。

第十一章

他们把我带回医院去，可是看管我的人不再是州里的那名警察，而是听取科拉招供的那家伙，他在另外一张床上躺下。我试图睡去。过了一会儿，我当真睡着了。我梦见科拉正望着我，我正试图对她说点儿什么，但是却说不出来。接着她就要倒下，我就醒过来了，耳朵里响起了我击中希腊人脑袋时发出的那种吓人的破裂声。随后我就又睡着了，梦见自己在坠落下去。这时，我又惊醒过来，紧紧抱住自己的脖子，耳朵里响起了同样的破裂声。有一次，我醒过来时，大声喊叫。那个家伙忙用胳膊肘儿撑起身来。

“喂。”

“唉。”

“什么事？”

“没什么事，只是做了一个梦。”

“好。”

他片刻不离地看着我。早上，他让人给他端来一脸盆的水，从口袋里取出一把剃刀，刮了脸，随后又擦洗了一番。有人把早餐送进来。他在桌旁吃了他的那一份。我们什么话也没说。

这时候，有人给我拿来了一份报纸；在报纸的第一版上，刊登着科拉的一张大照片，下方还有一张我躺在担架上的较小的照片。文章称她是酒瓶杀手，还讲述了她在提审时如何认了罪，并且将在今日出庭听候宣判。里面有一页上还刊载了一篇报道说，据信本案将因处理迅速而创下记录。另有一篇关于一位牧师的讲话。他说，如果所有的案子都能如此迅速地加以处理，那么对于防止犯罪会比通过一百项法律更为有效。我翻遍了那份报纸，想看看有没有关于科拉认罪的报道，可是报上并没有刊登。

大约十二点的时候，一个年轻的大夫走进来了，开始用酒精擦我的背部，把一部分护创膏浸湿后去掉。他本该把护创膏完全浸湿后再去掉的，但是大部分时间他都强行拉去，那份疼痛可真够呛。等他把一部分护创膏拉去后，我发觉自己可以动了。他听任其余的护创膏粘在背上没再拉；一个护士把我的衣服拿来给我。我穿上了。这时候，抬担架的人进来，扶我上了电梯，下去后出了医院。有辆汽车在医院门口等着，车上有名司机。和我一块儿过夜的那家伙让我上了车；我们开车驶过两片街区。然后，他又领着我下了车。我们走进了一栋办公楼，上楼到了一间办公室里。卡茨正在那儿，满脸堆笑地伸出一只手来。

“案子全部结束了。”

“好极啦。他们什么时候绞死她？”

“他们并不绞死她，她已经获释了，自由了，跟一只小鸟一样自由。她再过一会儿，等他们把法庭上的一些事情一办理好，就会过来。进来吧，我来把事情的经过全部告诉你。”

他把我领进一间私人办公室，把门关上。等他卷好一支烟，点燃了一半，并叼在嘴边上后，他才开始说起来。我几乎不认识他了。一个像他那样前一天还显得睡眼蒙眬的人，这时候竟然如此兴奋激动，这似乎真是不可思议的。

“钱伯斯，这是我一生中承办的最重大的案子。从我接下这件案子到处理完毕，总共不到二十四小时，但是我来告诉你，我以前从没有承办过一件这样的案子。要知道，登普西与弗波[1]的较量只打了两轮不到，是吗？问题并不在于持续多久。主要得看你承办下来后的表现。”

“不过，这个案子其实算不上什么真正的较量，只是四个人玩的一局牌，而每个玩牌的人手里都有一副好牌。你能击败谁吗？你以为一个打牌的人会打一手臭牌吗？真见鬼。我每天都碰上这些臭牌。但是如果给我眼下这样一副牌，其他三个人手里也有牌，而且每个人都认为打得好的话，自己就会赢，那么你瞧瞧我吧。噢，钱伯斯，你叫我来参与这件事，真是帮了我个忙。我再也不会碰上这样一件案子了。”

“你说到这会儿等于什么也没说。”

“我会说的，你先别急。但是在我把牌给你说清楚以前，你不会明白的，你不会知道该把手里的牌怎么打。现

① 登普西是美国拳击运动员，曾获最重量级世界冠军；弗波不详。

在，先说第一步：玩牌的有你和那个女人。你们每人都有一手好牌，因为你们干的是一场毫无破绽的谋杀，钱伯斯。也许你甚至也不知道这起谋杀干得多么干净利落。萨基特想用来吓唬你们的那一套，说什么车翻下去的时候她没在车上，手里还拿着手提包等等，所有这些压根儿一钱不值。车子在翻滚下去之前会晃动，对吗？一个女人在跳车之前会一把抓起她的手提包，对吗？这并不证明她犯下了什么罪；这只证明她是一个女人。”

“这些事你是怎么知道的？”

“我从萨基特那儿知道的。昨儿晚上，我和他共进晚餐；他对着我表示得意。他还可怜我，那个笨蛋。萨基特和我是对头，我们是曾经有过的最友好的对头。为了愚弄我，他不惜把自己的灵魂出卖给魔鬼，我对他也以毒攻毒。我们甚至还对这案子的结局打了赌。我们赌了一百元。他还嘲笑我，因为他对这案子十分有把握。他只需要把他的牌摊下，让刽子手去执行就成了。”

真是干得出色极啦，两个人赌一百元看刽子手会不会把我和科拉绞死！虽然如此，我还是想把这事弄个明白。

“如果我们手上的牌全都很好，萨基特手上怎么会有牌呢？”

“这一点我马上就要讲到了。你们手上的牌全都很好，可是萨基特知道，要是公诉人手上的牌打得好的话，那么世上的男女手上有着你们俩的这副牌，没有一个能玩得过他的。他知道他要做的就是让你们俩当中有一个攻击另一个，那么这事也就十拿九稳了，这是第一件。第二件，他对这件案子甚至用不着费多大心思。有保险公司给他去调查，所以他甚至连举手之劳都用不着。这一点是萨基特特别喜欢的。他得做的就是打好他手上的牌，那么赌注就会全部落到他的手里。所以萨基特做了点儿什么呢？他用保险公司替他发掘出来的材料，把你吓唬得要死，迫使你不得不签名指控她。他拿走了你手中最好的一张牌，这就是你怎样伤害到你自己，并使你打出了你自己的王牌。要是你受到了那么重的伤，那必然是一件意外事故，然而萨基特却利用这一点迫使你签名控告她。你签了名，因为你害怕要是你不签，他就会十分清楚地知道是你干的了。”

“我胆怯了，就这么回事。”

“在处理谋杀案时，胆怯心理是可以加以利用的一个因素。在这方面，没有人比萨基特更善于利用它。好。他现在让你落在他要你呆的境况里了。接下来，他要你出庭作证指控科拉；他知道，一旦你这么做了，世上就没有什么力量能阻止科拉告发你。这就是他和我共进晚餐时，他所具有的优势。他嘲笑我，可怜我，还和我赌了一百元。这时候，我一直不动声色地坐在那儿，手里拿着一副我知道只要打得好，肯定可以打败他的牌。好，钱伯斯，你来看看我手里的牌，你看见什么了？”

“没看到什么。”

“唔，什么？”

“说实话，什么也没有看见。”

“萨基特什么也没有看见。但是你注意看着，我昨儿离开你以后，就去看了她。她授权让我去打开帕普达基斯的保险箱。果然不出我所料，我在箱子里还发现了一些其他的保险单。我去找了为他开保险单的那个代理人，我发现的情况是这样：

“那份意外事故保险单跟帕普达基斯几个星期前碰上的

意外事故毫无关系。那个代理人在翻看日历时发现，帕普达基斯的汽车保险已经就快到期了。他于是上他家里去找他。当时科拉不在家。他们两人很快就办好了汽车保险、火灾、失窃、撞车、公共责任等通常的那一系列。接下去，那个代理人向帕普达基斯指出，他什么东西全都保了险，就是没有为他本人可能受到的伤害投保，于是问他买一份个人人身意外伤害保险怎么样？帕普达基斯对这一提议顿时很感兴趣。也许上一次发生的意外事故是他动了这一念头的原因，但是即便是这样，那位代理人对这一点却什么也不知道。帕普达基斯签约参加了那一整套保险，并开了支票，交给了那个代理人。第二天保险单就全寄出去给他。你知道，一个代理人通常总给好几家公司干活儿，因此那些保险单并不是一家保险公司开出的。这是萨基特忘却了的第一点。不过主要该记住的一件事是，帕普达基斯不仅拥有新买的保险，他还拥有原来的各项保险，而那些保险还有一星期才到期。”

“好，现在来看看他的这些安排。太平洋各州意外事故保险公司给他开了一份一万元的个人人身意外伤害保险单；加利福尼亚担保公司给他开了一张一万元的新公共责任债券；落基山忠实保险公司给他开了一万元的旧公共责任债券。这就是我的第一张牌。萨基特有一家保险公司替他出力，涉及的金额是一万元。我有两家保险公司可以替我出力，涉及的金额达到两万元。我什么时候需要，就可以请他们出面。你明白了吗？”

“不，我不明白。”

“你瞧，萨基特不是把你手里的大牌偷走了，是吗？嘿，我把同一张牌又从他那儿偷过来。你不是受了伤，是吗？而且你伤得很厉害。这一来，要是萨基特证明科拉犯了谋杀罪，你起诉她，因为实行这起谋杀使你也受到了伤害，那么，不论你提出什么样的赔偿要求来，陪审团都会答应的。那两家保险公司都有责任根据保险单作出法院判定的全部赔偿。”①

“现在，我明白了。”

“太妙了，钱伯斯，真太妙了。我发现这张牌在我的手里，可你没有发现，萨基特也没有发现，太平洋各州意外事故保险公司也没有发现，因为他们全一心忙着帮萨基特打好

① 所谓责任保险是指保险人负责被保险人依法对他人承担的赔偿责任的保险。

他手里的那副牌，而且还十拿九稳，认为他们手上的牌会赢，所以对我手里的牌压根儿连想也没有想。”

他在房间里转了几圈，每次经过房角里的一面小镜子时总感到自己挺神气。接着，他说了下去。

“好，情况就是这样，接下来就是怎样打好这副牌了。我得快速出牌，因为萨基特已经把他的牌打出来了。科拉随时都可能会认罪，甚至可能就在提审的时候，等她一听到你作证指控她。我非得迅速采取行动。那么我怎么办呢？我等到太平洋各州意外事故保险公司的那人作完证，然后等他的证词记录在案，说他当真相信有人犯了罪。这样做，只是为了往后万一我要对他提出非法强行拘留的起诉作好准备。那家伙刚一说完，轰隆，我也承认科拉有罪。这样就结束了审讯，使萨基特当晚无法实施他的计划。随后，我把科拉急忙带进一间律师工作室，要求在她当晚给关起来前会见她半小时，然后把你也找了去。她只需要和你私下呆上五分钟。等我进房的时候，她已经准备好全吐露出来了。我于是派肯尼迪先进去。”

“就是昨儿晚上和我呆在一块儿的那个探员吗？”

“他过去曾经是一名探员，现在已经不干了。现在，他是我的密探。科拉以为她是在对一名探员讲话，实际上那是个假探员，但是还是有用。等她把实情全部吐露出来后，她今儿一直保持着沉默，这也就够啦。下一件事就是你。你会做的事就是匆匆溜走。既然对你没有什么指控，那么尽管你以为自己还被拘留着，实际上你已经自由了。等你明白了这一点，我知道没有什么胶布、背痛、医院护工或是其他什么能留住你，因此等肯尼迪把科拉那面安排好以后，我就打发他过去盯着你。下一件事就是，太平洋各州意外事故保险公司、加利福尼亚担保公司和落基山忠实保险公司三方在午夜召开的一次小型会议了。等我把实情摊在他们面前后，他们很快就达成了一笔交易。”

“你说他们达成了一笔交易，是什么意思？”

“首先，我把有关法律条文读给他们听，我读给他们听了《加利福尼亚机动车辆法规》第一百四十一条第四款第三节有关乘客的条款。那个条款规定，如果有乘客乘坐主人的汽车而受伤，他无权获得赔偿，除非他受到的伤害是由于司机喝醉了酒或故意处理不当所造成的，那样的话，他可以获取赔偿。你瞧，你是一位客人，而我又承认她犯有谋杀和侵犯人身罪。这里有不少故意处理不当的行为，是不是呢？而他们也拿不大准，你知道，也许她确实是一个人干的。因此那两家出售了责任保险单的公司，就是那两家有风险，会受到你冲击、赔偿保险单上全部金额的公司，他们各拿出五千元来支付太平洋各州意外事故保险公司所要作出的赔偿，而太平洋各州意外事故保险公司则同意向科拉作出全额赔偿，不再追究这件事。整个事情没超过半个小时就解决了。”

他停下来，又咧开嘴对自己得意地笑笑。

“接下来怎么样呢？”

“我还在想接下去会发生的事。当太平洋各州意外事故保险公司的代表走上证人席说，他的调查使他确信没有人犯罪，他的公司将全额偿付这起事故的保险金时，萨基特脸上的表情我现在还记得。钱伯斯，你知道那是什么样的感觉吗？用假动作诱骗一个人把心里话全说出来，然后再给他当头一棒。世上没有什么感觉比这样更令人惬意的了。”

“我还是不明白。这家伙干吗又出庭作证？”

“科拉在等着判刑，在承认自己有罪以后，法庭通常想要听到一些证词，以便查明案子到底是怎么一回事，这样才好量刑。萨基特从一开始就嚎叫着，要求判死刑，嗐，他是个喜欢杀戮的家伙，萨基特就是这么个人。正因为这样，和他斗才使我特别来劲儿。他当真相信绞死那些犯人会有一定的好处。你和萨基特对着干的时候，是要冒风险的。他把替他效力的那个保险公司的代表又送上了证人席，但是在深夜那场小型会议以后，他已经不再是萨基特的狗腿子，而是我的人了，只是萨基特还不知道。等他发现了真相以后，他大喊大叫，可是已经太晚了。如果有家保险公司不相信科拉有罪，陪审团就决不会相信，是吗？这一来，根本就没有可能判定她有罪。我就在那时候，使萨基特怒火中烧。我站出来，对法庭发表了一篇讲话。我讲得不慌不忙，说我的当事人如何从一开始就申辩说自己无罪。我如何不相信她的话，如何知道存在大量我认为对她极为不利的证据，那些证据足以使任何法庭判定她有罪，而且我还相信当我决定代她承认有罪，并由法庭来对她量刑时，我的行为是代表了她的最大利益。但是，钱伯斯，你知道我是怎样在舌头下吐出‘但是’这两个字来的吗？但是，鉴于证人刚才作出的证词，我没有别的选择，只好撤回承认她有罪的辩护，让案子得以进行下去。萨基特什么办法也没有，因为我仍旧是在八天的有效申辩期内。他知道自己完了，只好同意过失杀人罪的申辩，法庭又审问了其他的证人，最后判了她六个月，缓期执行。即便对这一判决，法庭实际上还表示了歉意。我们撤消了对科拉提出的攻击他人的控告。这是整个案子的关键，而我们几乎把它忘了。”

这时传来了一下敲门声。肯尼迪把科拉带进来，把一些文件放在卡茨面前，然后离开了。“给你，钱伯斯。就在上面签下你的姓名，好吗？这是你对自己所受到的任何伤害放弃要求赔偿的声明。保险公司很配合，这就算是对他们的回报吧。”

我签了名。

“你要我送你回家吗，科拉？”

“我想是这样。”

“慢着，慢着，你们两个。别这么急，还有一件小事。你们杀了希腊人，得到了一万元。”

她望了望我，我望了望她。卡茨就坐在那儿望着支票。

“你们瞧，要是卡茨得不到什么钱的话，那么这副牌也就算不上是一副好牌了。这一点我忘了告诉你们。好吧，嘿，好，我也不会太贪心。通常，我总全部留下，不过这一次，我就减半收费。帕普达基斯太太，你给我开一张五千元的支票，我就把这笔钱转到你的名下，然后到银行把款子存起来。给你，这是一张空白支票。”

她坐下来，拿起钢笔，开始写，然后又停下，好像她弄不大明白究竟是怎么回事似的。突然，他走过去，拿起那张空白支票，把它撕得粉碎。

“得了吧！这种事一生也就一次，是吗？给你，你全留着吧，我才不在乎这一万元哩。一万元我有。我要的就是这个！”

他打开自己的皮夹，取出一张纸条给我们看。那是萨基特开的一张一百元的支票。“你们以为我会把它换成现金吗？绝对不会。我要把它装在镜框里，挂在墙上，正在我的办公桌上方。”

第十二章

我们离开了那儿。由于我走路还跛得厉害，因此就叫了一辆出租汽车，先上银行去，把支票存起来，随后去了一家花店，买了两大束鲜花去参加希腊人的葬礼。他刚死了两天，他们也刚准备埋葬他，这似乎有点儿古怪。葬礼是在一座希腊小教堂里举行的。那儿聚集了一大群人，其中有些希腊人我曾经在他店里不时看见过。我们走进去时，那群人对科拉十分冷淡，把她安排在离开前面大约三排远的座位上。我瞧得出他们都在看我们，心里嘀咕着万一他们稍后采取什么粗暴的行动，我该怎么办。他们都是他的朋友，不是我们的。但是不一会儿，我就看见他们在互相传阅一份晚报。报上的醒目大标题说，她是没有罪的。一名领座人员看了一眼后，连忙跑过来，请我们换坐到最前排的座位上去。讲道的那人先用一些下流的俏皮话讲了希腊人是如何去世的，不过这时候，有一个人走上前去，小声对他说了几句，还指了指当时已经快传到前排的那份报纸。他于是转过身，重新又说了一遍，不再讲什么下流的俏皮话了，同时还提到了死者的悲痛的寡妇和朋友们。在场的人全点点头，同意他说的话。我们走出教堂到墓地上去时，还有两个人走上前来，搀住科拉的胳膊，扶她走了出去，另有两个人过来搀我。他们把希腊人的遗体放进坟坑时，我开始哭出声来。每次唱那些圣歌总会使我感到伤心，尤其是为一个你喜欢的人，像我喜欢希腊人那样。临了他们唱了一首我听见他唱过上百回的歌，这使我彻底垮了。我把买来的花放在该放的地方，这是我当时所能做的一切。

出租汽车司机替我们找来了一个人，愿意把一辆福特牌汽车租给我们，每周租金十五元。我们接受下了。于是科拉开车上路。我们驶出城后，经过一所正在建造的房屋。我们一路上驶去，就议论起来。我们说新近建造的房屋何以并不多，不过等情况有所好转后，这整片地区还是会大批兴建起来的。等我们回到酒吧后，她让我下了车，把车子去停放好，然后我们走进店。整个地方就和我们离开时一样，甚至连我们喝过酒放在洗碗槽里的酒杯和希腊人因为酒喝得大醉而扔开的吉他等全都和原来一样。科拉把吉他收进了匣子，洗好了酒杯，然后上楼去了。过了一会儿，我也跟她上了楼。

她坐在他们卧室的窗户旁，望着外边的大路。

“怎么啦？”

她什么话也不说；我转身打算离开。

“我并没有叫你走。”

我于是坐下了。她过了好半天才恢复过来。

“你出卖了我，弗兰克。”

“没有，我没有。是萨基特硬逼我的，科拉。我不得不在他的文件上签字。要是我不签，那么他就会明白一切。我并没有出卖你。我只是暂时依着他，等我弄清了自己的处境后再说。”

“你出卖了我。我从你的目光里就瞧出来了。”

“好吧，科拉，我是出卖了你。我只是一时胆怯了，就是这么回事。我本不想那么做的，尽力不想那么做。但是他搞垮了我。我顶不住了，就是这么回事。”

“我知道。”

“我受到了十分痛苦的折磨。”

“我也出卖了你，弗兰克。”

“他们迫使你那么做的。你本不想那样。他们给你设下了一个圈套。”

“是我自己想那么做的。我当时真恨你。”

“这没关系，你恨我是为了一件我实际上没有做的事，你现在知道是怎么回事了。”

“不，我恨你是为了一件你确实做了的事。”

“我始终没有恨过你，科拉，我只恨我自己。”

“我现在不恨你了。我恨那个萨基特，还有卡茨。他们干吗不能撇下咱们，不来纠缠呢？他们干吗不能就让咱们共同一块儿斗争到底呢？那样我反倒不会在意了。即便那意味着——你知道的，我也不会在意。那样咱们就会保持住咱们的爱情啦。那是咱们曾经拥有的一切。可是他们刚一使出卑鄙的手段来，你就出卖了我。”

“你也出卖了我，别忘了这一点。”

“这是糟透了。我也出卖了你。咱们互相全都出卖了。”

“这一来，咱们俩正好扯平，是吗？”

“是扯平啦，可现在瞧瞧咱们。咱们曾经到过一座大山的顶上。咱们呆在那么高的地方，弗兰克。那天晚上，咱们呆在那儿的时候，曾经享有一切。以前，我可不知道自己会有那样的感情。咱们互相接吻，把咱们拥有的一切固定下来。这样不论出现什么情况，它都会永远存在下去。咱们当时拥有的比世界上任何其他两个人拥有的都多。接下去，咱们就倒下了。先是你，后是我。不错，是扯平了，咱们又一块儿下来，到了这儿。不过咱们的思想不再是高超的了。咱们的壮丽的大山不见了。”

“嗐，这又有什么关系呢？咱们不是守在一块儿吗？”

“我想是守在一块儿了，不过我昨儿晚上想了很多，弗兰克，想到你和我，还有电影，以及我为什么突然变啦，廉价小餐馆和四处流浪，你为什么喜欢它们。咱们只是两个不中用的人，弗兰克。那天夜里，上帝吻了咱们的额头。他给了咱们两个人所能拥有的一切，可咱们就是不能享有那一切的料。咱们享有了全部的爱，但是咱们却承受不住，一下子垮了。那种爱就像是一架大飞机的引擎，它带着你穿过天空，一直去到了山顶上。可要是你把那种爱放进一辆福特汽车里，它就会给震得粉碎。咱们就是这样，两辆福特汽车，弗兰克。上帝眼下正在上面嘲笑咱们。”

“让他见鬼去！咱们不是也在嘲笑他吗？他给咱们竖起了一盏红色交通信号灯，咱们也闯过去了，随后又怎么样呢？咱们摔进深渊去了吗？咱们确实陷入了困境，可咱们脱身出来了，还为此挣了一万元。所以上帝不是吻了咱们的额头吗？那么魔鬼就和咱们一块儿上了床。请你相信我，小姑娘，他在床上睡得挺好。”

“别这么说，弗兰克。”

“咱们不是拿到了那一万元，是吗？”

“我不愿意去想那一万元，钱是不少，但是它却买不来咱们的那座大山。”

“大山，真见鬼！咱们既有大山，也有那一万元可以堆在山顶上。要是你想登高的话，那就站在那堆钱上四处望望好了。”

“你这傻子，真希望你能看见你自己当时的那副样子，头上缠着绷带又嚷又叫。”

“你忘了一件事。有件事咱们该庆祝一下。咱们还始终没有举行那场酒会哩。”

“我说的不是那种酒会。”

“酒会就是酒会。我离开前喝的那酒放在哪儿啦？”

我上自己的房间去，找到了那瓶酒。那是一夸脱的波旁威士忌酒，瓶里还有四分之三。我下楼去，拿了一些可口可乐杯子、冰块、白砂糖块，又回到楼上来。她摘下了帽子，让头发披下来。我调好了两杯酒，加了些白砂糖块和两块冰，又从瓶里把酒倒进去。

“来，喝一杯，你会觉得好点儿的。萨基特逼得我无路可走时，就是这么说的，那个卑鄙的家伙。”

“唷，这可是烈性酒呀。”

“当然是啰。给你，你穿的衣服太多啦。”

我把她推到床边，她紧紧握着那只杯子，酒给泼了一点儿出来。“见鬼去吧，这酒咱们有的是。”

我开始把她的短上衣脱去。“把我扯开，弗兰克。就像你那天晚上那样把我扯开。”

我把她的衣服全扯去了。她慢慢地扭来扭去，这样衣服好从她身上滑落下来。然后，她闭上眼睛，躺在枕头上。她的一缕缕头发弯弯曲曲地落在她的肩上。两眼漆黑，乳房不再是紧绷在一起，正对着我，而是柔软地松散开，形成两大团粉红色的斑痕。她看上去就像是世界上所有妓女的曾祖母。那一晚，魔鬼的钱真是没有白花。

第十三章

我们那样热和了六个月。我们坚持下去，每次都是那样：先吵上一架，然后我就去取酒瓶。我们争吵的事就是，我们要不要离开那地方。在缓刑期没满之前，我们不能离开本州，不过刑满之后，我想我们应该离开。我没有跟她说，但是我想让她远离开萨基特。我担心有天她为什么事跟我发起火来，会像上次审讯后那样失去理智，把实情全部说出来。我一点儿也不信任她。起初，她也很热切地说要走，特别当我讲到夏威夷和南太平洋诸岛的时候，可是后来酒店生意兴隆了起来。葬礼结束后，大约有一星期，我们重新开张，顾客蜂拥到店里来。想看看她长得什么样子，后来他们继续前来光顾，因为他们对店里的服务很满意。她因此兴奋起来，认为我们再赚些钱的机会来了。

“弗兰克，这一带四周路边的小餐馆全都糟透了，店主都是一些过去在堪萨斯或其他什么地方拥有农场的人，压根儿不懂该怎样招待顾客。我相信要是有人前来，像我这样知道该如何做这种买卖，尽力满足顾客的需要，那么顾客就会前来，并把自己的朋友全介绍来。”

“让他们见鬼去。咱们反正这就要把它盘出去了。”

“要是咱们在赢利，盘出去就可以容易点儿。”

“咱们是在赢利。”

“我是说赚大钱。听着，弗兰克，我有个想法。要是能让顾客坐在外面树下边，他们肯定会很乐意。你帮我考虑一下。加利福尼亚的天气这么好，可是人们却一点儿也没有好好地利用，就让顾客们呆在小酒店里；那些小酒店都是用巅峰快餐店固定装置公司现成的设备布置起来的，五味杂陈，令人作呕，供应的东西也糟透了，从弗雷斯诺[1]一直到边界上，全都一样，压根儿不让顾客有什么好感。”

“你瞧，咱们不是要把这爿店盘出去吗？那么咱们得卖

① 美国加利福尼亚州中部的城市，在旧金山东南。

的东西越少，就越快可以脱手。当然啦，顾客们会喜欢坐在树下面，这一点除了加州烤肉店烤架的吊装工外，谁都知道。但是如果要让顾客们坐在树下，那咱们还得添置一些桌子，还得在外面装上好几盏灯，和所有那些设备等等，而下一个买主也许压根儿就不喜欢那样。”

“不论咱们乐意不乐意，咱们反正得在这儿呆上六个月。”

“那么咱们就利用这六个月来找一个买主。”

“我想来试试。”

“好吧，那么你就试试吧，不过我在提醒你。”

“我可以把里面的几张桌子搬出来。”

“我不是说了吗？你就试试吧。来，咱们去喝上一杯。”

我们为了要不要取得出售啤酒许可证这件事大吵了一场。这时候，我才突然明白了，她到底想干什么。她在外面的树下搭起了一个小平台，把几张餐桌放在平台上，上面竖起了一个有条纹的遮篷，晚上还点亮了灯笼。这一来，买卖果然不错。她的估计相当正确。顾客们果真喜欢有机会在外面树下坐上半个小时，听上点儿收音机里放出的音乐，然后再上车往前赶路。接着，啤酒的问题又来了。她看到有机会让情况就按原来那样，再加上啤酒生意，管它叫作“啤酒花园”。

“我告诉你，我可不想要什么啤酒花园。我想要的就是一个乐意付现款盘下整个铺子来的人。”

“但是那样似乎太令人遗憾了。”

“我不觉得有什么可遗憾的，一点儿也不觉得。”

“可是瞧呀，弗兰克，弄一份出售啤酒的许可证，六个月只要花十二块钱。天啊，咱们十二块钱还花得起，是吗？”

“咱们申请到许可证，就得经营起啤酒买卖来。咱们已经在做汽油买卖，热狗买卖，现在又要做啤酒买卖。让它见鬼去吧。我想摆脱掉它，而不是越陷越深。”

“大伙儿都领了出售啤酒许可证。”

“就我来说，那很好。”

“顾客们想上咱们这儿来，树下面全布置好啦，可现在，我却不得不对他们说，由于咱们没有许可证，因此咱们不能供应啤酒。”

“你干吗一定得跟他们说什么呢？”

“咱们所要做的是，装上管子，就可以供应散装啤酒了，这比瓶装啤酒好，可以赚到较多的钱。前一天，我在洛杉矶看见了一些挺好看的杯子，又高又漂亮，顾客喜欢用那种杯子喝啤酒。”

“这么说，咱们现在又得添置软管和杯子了，是吗？我告诉你，我不想要什么‘啤酒花园’。”

“弗兰克，你难道从来没有想要干出点儿名堂来吗？”

“听着，听清楚这个，我想要离开这儿，上别的地方去。这儿，我每次四下看看，总看到一个该死的希腊人的鬼魂朝着我跳出来，做梦的时候也听见他喊叫的回声，而且每次一听到收音机里有吉他声，就心惊胆战。我非离开这儿不可，你听见我说的话吗？我非得离开这地方，要不我就要疯啦！”

“你在对我撒谎。”

“啊，没有，我不是在撒谎，我一生中从没有这样认真过。”

“你并没有看见什么希腊人的鬼魂，这不是你要离开的原因。别人也许会看见，但弗兰克·钱伯斯先生却不会。

不，你想离开，只是因为你是个流浪汉，就是这么回事。你初上这儿来的时候就是个流浪汉；你现在还是个流浪汉。咱们一离开这儿，咱们的钱全花完了，那可怎么办？”

“我又在乎什么呢？咱们反正是要离开，是吗？”

“正是这话，你不在乎。咱们可以就呆在这儿——”

“我早就知道，这才是你真正的意思，你一直都是这意思：咱们就呆在这儿。”

“干吗不呢？咱们把餐馆经营得不错，干吗不在这儿呆下去呢？听着，弗兰克，自从你认识我的那天起，你就一直想把我也变成一个流浪的娘儿们，可你决办不到的。我告诉过你，我不是个流浪的娘儿们。我想干出个名堂来。咱们就呆在这儿，哪儿也不去，咱们这就去申请出售啤酒许可证，咱们要搞出个名堂来。”

那时已经是深夜，我们呆在楼上，衣服已经脱了一半。她在房里走来走去，就像上次审讯后那样；说话也和上次一样断断续续、十分可笑。

“咱们当然要呆下来，你怎么说咱们就怎么做，科拉。来，喝一杯。”

“我不想喝。”

“你当然要喝。得到那么一大笔钱，咱们是该再次放声大笑才是，你说是吗？”

“这事咱们已经大笑过了。”

“可是咱们还要赚到更多的钱，是吗？我是指啤酒花园。咱们得为这件事喝上两杯，就算预祝咱们幸运。”

“你这个笨蛋。好吧，就算预祝咱们幸运。”

情况就这样继续下去，每周总有两三次。结果是，每次我酗酒醒来后，总免不了会做那些噩梦。我总在摔下去，耳朵里总响起那个脑壳的破裂声。

缓刑期刚满，科拉收到电报，说她母亲病了。她匆匆取了几件衣物；我把她送上了火车。回到停车场时，我感到很滑稽，就好像自己是由气体做成的，并将飘扬到某一个地方去。我觉得自由了。至少在一星期内，我用不着争吵或是竭力去摆脱掉噩梦，也用不着用一瓶烈酒来安抚一个女人，让她恢复好心情。

在停车场上，有个姑娘正极力在发动她的汽车，可是车子就是不动。她到处全踩遍了，但车子却一动不动。

“怎么回事？车发动不起来了吗？”

“他们把车停下时，没有熄火。现在电池用光了。”

“那么这全怪他们。他们该负责替你充电。”

“是的，不过我这会儿就得回家去。”

“我送你回家去。”

“你真太好啦。”

“我是世上最友好的人了。”

“你连我住在哪儿也不知道。”

“我不在乎。”

“我住得相当远，在乡下。”

“越远越好。不论住在哪儿，我反正都顺路。”

“你让一个好姑娘很难拒绝你这一番好意。”

“那好吧，如果很难拒绝，那就甭提啦。”

她是个浅色头发的姑娘，也许年纪比我还稍许大点儿，长得倒不难看，不过使我动心的是她的友好态度，以及她对我就好像对一个小孩儿或是什么人那样，根本没有一点儿提防的心理。她对这一带的道路很熟悉，这一点我可以看得出。最后，等我知道她并不认识我是谁后，我更喜欢上她了。我们驶出停车场时，互相通报了姓名，我的姓名并没有引起她的注意。好家伙，这真叫我松了一口气！这可是我遇到的人里没有邀我在桌旁坐下来一会儿，请我给他们讲一下那件案子的真相的人，因为人家都说希腊人是给谋杀了的。看来她是唯一的例外。我望望她，又有了先前离开火车旁时的那种感觉，好像自己是由气体做成的，会从方向盘后边飘扬而去。

“这么说你叫马奇·艾伦，是吗？”

“唔，实际上是克雷默，但是我丈夫去世后，我又用了自己原来的姓。”

“唔，听着，马奇·艾伦，或者是克雷默，再不随便你乐意姓什么，我想向你提出一个小建议。”

“是什么建议呢？”

“咱们掉转车头向南开去。你和我一块儿去作一次大约一星期的短途旅行，你说怎么样？”

“噢，这我可不能去。”

“干吗不能去呢?”

“唔，就是不能去。”

“你喜欢我吗?”

“我当然喜欢。”

“唔，我也喜欢你，那么还有什么妨碍咱们去呢?”

她张开口，想说什么，又没有说，接着大笑起来。“说实话，我倒很乐意去。就算人家认为我不该这么做，我才不在意呢。可是我确实不能去，因为我家里还养着好多只猫。”

“猫?”

“我家里养了好多只猫，全都归我照料，所以我才赶着要回去。”

“唔，现在不是有宠物饲养场，是吗?咱们打个电话给一家去，请他们派人把猫领走。”

这话使她感到很可笑。“我倒想去看看宠物饲养场见到我那些猫儿时，是什么神情?我的猫可不是一般的宠物。”

“猫就是猫嘛，对吗?”

“并不完全一样。有些猫大，有些猫小，我那些全是很大的猫儿。我想我们那只狮子，那些老虎，那只美洲狮，还有那三只美洲豹，宠物饲养场恐怕也养不了它们。它们凶极了。美洲豹可是一种十分吓人的猫。”

“真叫人难以相信。你养这些宠物干什么？”

“啊，让它们拍电影，出售幼仔。不少人家里全有私人动物园，豢养着它们。可以用它们招揽生意。”

“它们不会从我这儿招揽去什么生意的。”

“我们开了一家餐馆，顾客们喜欢瞧瞧这些猫儿。”

“餐馆？嘿，我也开了一家餐馆，所有该死的乡下佬都在互相卖热狗。”

“唉，我好歹不能丢下那些猫不管；它们得吃东西。”

“真见鬼！咱们不能去吗？咱们给戈贝尔打个电话，让他去把它们领走，给他一百块钱，让他在咱们去玩的时候，喂养一下它们。”

“跟我一块儿去玩，值得花一百块钱吗？”

“恰好值一百块钱。”

“哟，天哪，你这么说我可没法拒绝了。我想你还是就给戈贝尔打个电话吧。”

我在她住处让她下了车，找了一个公用电话亭，给戈贝尔打了个电话，然后返回酒店，关上门，停止营业，这样才又回去找她。当时天已经快要黑了。戈贝尔派人开了一辆卡车来；我正好碰上卡车驶回去，车上装满了浑身满是条纹和斑点的猫儿。我在大路上离她住处大约一百码远的地方停下，不一会儿她就拿着一个小手提包来了。我扶她上了车；我们就出发了。

“你高兴吗？”

“我太高兴啦。”

我们往南驶到卡连特，下一天我们顺着那个方向往前，驶到了恩塞纳达，一个墨西哥小镇，在海岸往下大约七十英里的地方。我们住进了当地的一家小旅店，在那儿消磨了三四天。那地方非常好，全是墨西哥人。你呆在那儿，觉得就像把美国已经抛到了上百万英里以外。我们的房间前面有一个小阳台；下午我们就躺在上面，观看大海，让时间流逝。

“你那些猫，嗨，你拿它们怎么样？训练它们吗？”

“我家养的那些猫可不成，一点儿也没用。除了那些老虎以外，全都不太听话。不过我确实训练它们来着。”

“你喜欢做这种事情吗？”

“就那些特别大的来说，我并不太喜欢，不过我喜欢美洲豹，总有一天我要和它们一块儿演出，可是得有一定数目以后才成，还得是热带丛林里的美洲豹。不是你在动物园里见到的那些野性未驯的‘亡命之徒’。”

“你说的‘亡命之徒’是什么样的？”

“会咬死你的那种。”

“它们全会咬人吗？”

“它们可能会，不过那些野性的肯定会伤人。要是它们是人，那就是些发了疯的人。这是因为它们是在囚禁中长大的。你瞧见的那些猫，看上去像猫，实际上是疯猫。”

“你怎么知道是不是热带丛林里的猫呢？”

“我是从热带丛林里逮住它们的。”

“你是说你活生生地逮住了它们？”

“当然啦。死的对我有什么用？”

“真叫人难以相信，你怎么逮住它们呢？”

“唔，首先我坐船往南航行到尼加拉瓜。所有真正出色的美洲豹都来自尼加拉瓜。跟它们一比，加利福尼亚和墨西哥的这些美洲豹猫只是一些矮小、劣质的动物。然后，我花钱雇用一些印第安小伙子，领我到山里去。在山里，我逮住我想要的美洲豹。然后我把它们带回来。不过这一回，我要在那儿和逮住的美洲豹呆上一段时间，好训练训练它们。那儿的山羊肉比这儿的马肉便宜。”

“听上去你好像已经全准备好了，这就要出发啦。”

“我是全准备好了。”

她喷了点儿酒到自己的嘴里，盯着我看了好一会儿。旅馆里把酒盛在一个有细长喷嘴的瓶子里。你就用喷嘴往嘴里喷酒。这样做是为了使酒冷却。她喷了两三次，每次总盯着我看上一会儿。

“要是你准备好了，我也全准备好啦。”

“得了吧，你以为我准备和你去逮那些该死的猫儿吗？”

“弗兰克，我身上带了很多钱。就让戈贝尔去饲养那些疯猫得了，把你的汽车卖了，能卖多少就是多少，然后去逮猫。”

“你乐意去吗？”

“你是说你乐意去？”

“咱们什么时候出发？”

“有一只货船明儿从这儿出发，停靠巴尔博亚[①]。咱们到了那儿就给戈贝尔发份电报去，你的车子可以就留在这家旅馆这儿，店主会把它卖掉，并把卖来的钱汇给咱们。墨西哥人有一个优点。他们尽管动作迟钝，却很诚实。”

“好吧。”

“嗐，我真高兴。”

“我也高兴。我已经吃厌了热狗、啤酒、边上有奶酪的苹果馅饼，真恨不得把它们一股脑儿全扔进河里去。”

“你会玩得挺乐的，弗兰克。咱们在大山里先找个凉爽的地方住下，然后等我把我的节目准备好了，咱们就可以带着那个节目走遍全世界。咱们想上哪儿就上哪儿，想做什么就做什么，身上有足够的钱好花。你身上有没有一点儿吉卜赛人的血液？”

“吉卜赛人的？我生下来就戴着耳环。”

那一夜，我睡得不大好。天快亮时，我睁开眼睛，一点儿也睡不着了。这时我突然想到，尼加拉瓜还不算挺远。

---

① 巴拿马运河区太平洋一端的一处海港。

第十四章

科拉走下火车时，穿着一身黑衣服，使她人显得很高。她头上戴着一顶黑帽子，脚上穿着黑鞋、黑袜。在搬运工把皮箱放上车子时，她的举止有点儿不太自然。接着，我们上路了，走了好几英里，两个人谁也没有说话。

“你干吗不告诉我她死了？”

“我不想拿这件事来使你烦心，再说，我好歹要做的事情也很多。”

“我现在感觉很不好，科拉。”

“为什么？”

“你不在这儿的时候，我出去玩了一次，北上去了旧金山。”

“你为什么感到心情不好呢？”

“我也不知道。你回到衣阿华去，母亲快去世了，等等，而我却在旧金山玩得挺开心。”

“我不明白你为什么感到心情不好。你去了旧金山，我很高兴。我要是想得到的话，临走前也会叫你去的。”

“咱们损失了一些买卖，我把店关了。”

“这没关系。咱们还会找补回来的。”

“你走了以后，我感到有点儿烦躁不安。”

“嗐，天哪，你去就去啦，我可不在意。”

“我想你这次去心情一定很不好，是吗？”

“我是有点儿伤心。不管怎样，一切全算过去了。”

“咱们到家后，我会再给你喝上一杯的。我在那儿搞到了一些挺好的酒，专门给你带回来啦。”

“我一点儿也不想喝。”

“它会让你重新振作起来的。”

“我不再喝酒了。”

“不喝了？”

“我慢慢会告诉你为什么。说起来话长。”

“你说话的口气，好像你家里出了不少事。”

“没有，没有出什么事。只有葬礼，不过我有不少话要告诉你。我想从现在起，咱们该过得更快活一点儿。”

“嗐，瞧在上帝分上，到底是怎么回事？”

“现在先不谈。你见到你家里的人了吗？”

“这为什么？”

“唔，好歹你玩得开心吗？”

“还可以，一个人也只能那样。”

“我可以打赌，你一定玩得挺开心。不过你这么说，我很高兴。”

我们回到酒馆时，门前停着一辆汽车，车上坐着一个人。他露出一副傻呵呵的笑脸下了车。原来是肯尼迪，在卡茨办公室工作的那家伙。

“你记得我吗？”

“我当然记得，进来吧。”

我们把他领进店后，科拉轻轻拉了我一下，把我唤进了厨房。

“这是一个坏兆头，弗兰克。”

“你这话什么意思，坏兆头？”

“我也不知道；我只是感到不大妙。”

“还是让我先和他谈谈吧。”

我回到他那儿。科拉给我们端来了一些啤酒，就走开了。不一会儿，我便开始谈起了正事。

“你还给卡茨工作吗？”

“不，我离开了他。我们之间发生了一场小争执，我就离开了他。”

“你现在在干什么？”

“不干什么。事实上，我也正是为了这事才上外边这儿来找你。先前我曾经来过两次，不过你们家里没有人。这一次，我听说你回来了，所以就一直呆在附近等着。”

“有什么事我可以做的，你只管说。”

“我在想着你是否可以给我点儿钱。”

“你要什么都成。当然了，我手边钱并不多，不过五六十元要是够用的话，我会很乐意送给你。”

“我原希望你可以多给我点儿。”

他脸上仍旧挂着那种笑容；我心想不要再这样佯装、试探了，该摸清楚他的真正意图了。

“得了，肯尼迪，到底是什么事？”

“我告诉你是怎么回事。我离开了卡茨。不过那份材料，就是我替帕普达基斯夫人写下的那份，还放在档案里，你明白吗？因为我是你的朋友，以及其他一些情况等等，我知道你不会希望把那样的东西随意放在那儿，所以我拿了来。我想你也许乐意把它收回。”

“你是说她管它叫作口供的那篇梦呓般的胡话吗？”

“不错。当然，我也知道那里面并没什么大不了的，不过我想你也许乐意把它收回去。”

“你要多少钱？”

“唔，你乐意给多少呢？”

“啊，我也不知道。正如同你所说的，它里面也没什么大不了的，不过花一百块钱把它收回，我还是乐意的。当然啦，这数目我乐意出。”

“我原想着这东西该值更多的钱。”

“是吗？”

“我原想着你会出两万五千块的。”

“你疯了吗？”

“不，我没有疯。你从卡茨那儿得到了一万元。这铺子也一直很赚钱，我想大概好赚五千块吧。再说，就房地产一项，你从银行里敢情可以得到一万块。帕普达基斯买下它花了一万四，这样看来你能得到一万。唔，这样算下来，就有两万五。”

“就为了收回那份东西，你要把我剥得一干二净吗？”

“值得呀。”

我并没有动，但是我的眼神一定闪动了一下，因为这时他从口袋里突然掏出一柄自动手枪来对着我。“别动，钱伯斯。第一，我并没有把那份东西带在身上。第二，你要是动手的话，我会先让你吃上一枪的。”

“我并没有想动手。”

“哼，留神，你最好别动。”

他把枪一直对准我；我也一直望着他。“我想只好按你说的数目了。”

“没什么想不想。这一点我知道。”

“不过你说的数目也太大了。”

“你往下说，钱伯斯。”

“我们从卡茨那儿得到了一万块，这不错。这笔钱还在。我从这铺子是可以赚到五千块，但是过去这两星期我们花掉了一千块。她去外地给她母亲办丧事，我也到外地去了。正因为这样，我们才把铺子关起来，一直没有营业。”

“往下说，别停。”

“房地产我们也拿不到一万。按目前的情况看，我们连五千也拿不到。或许只能拿到四千。”

“往下说。”

“好吧，一万、四千、四千。加起来是一万八。”

他对着枪管咧开嘴笑笑，然后站起身。“好吧，就一万八。我明儿打电话给你，瞧瞧你是否把这笔款子准备好了。如果你准备好了，我会告诉你该怎么办。如果没有准备好，那么那份材料就转给萨基特去。”

“条件很苛刻，可是也只好按你说的话办了。”

“那么明儿十二点，我打电话给你。这段时间足够你上银行去再回来。”

“成。”

他退到门口，仍旧用枪对着我。那时已是傍晚，天色刚黑下来。他往外退的时候，我侧身贴在墙上，好像十分沮丧。等他一半身体出了门，我突然把铺子招牌上的灯减弱，灯光朝下直射着他的两眼。他转过身去，我趁机狠揍了他一下。他倒下了，我扑到了他身上，把枪从他手里夺过来，扔进了餐厅，然后又狠揍了他一下。接着，我把他拖进餐厅，一脚把门踢关上。科拉正站在那儿。她一直都站在门那边偷听。

“把枪拿起来。”

她拾起枪，站在那儿。我把他拖站起来，扔到了一张餐桌上，又让他坐起身，然后把他痛打了一顿。等他昏过去后，我取来一杯水，泼在他脸上。等他苏醒过来后，我立刻又痛打了他一顿。等他的脸肿得像生牛肉那样，他像橄榄球比赛到了最后一节时一个放声大哭的孩子那样，我才住手。

“赶快恢复过来，肯尼迪，你这就得打电话给你的同伙去。”

“我没有伙伴，钱伯斯。我发誓，我是唯一知道——”

我又把他揍了一顿，然后我们又重新开始。他不停地说他没有什么伙伴，因此我把他的胳膊反扭过去，使他不能动弹，然后使劲儿往上扳。“成，肯尼迪。要是你没有伙伴，那我就把你的胳膊扭折。”

他挺了好一会儿，比我以为他经受得住的时间还要长点儿。我把浑身的气力全用到了他那只胳膊上，心里嘀咕着，不知自己是否真会把他胳膊掰断，因为我左胳膊上次断过的地方还很虚弱。如果你曾经试着去掰断过一只老火鸡的第二个关节，那么你或许知道，要把一个人的胳膊扭到背后来掰断，多么难。但是就在这时，他突然乐意打电话了。我于是就放开他，告诉他在电话里该说些什么。然后，我把他押到厨房里电话旁，把餐厅里的分机从双开式弹簧门拉进来，这样我好监视着他，又听着他们双方说些什么。科拉这时也拿着枪来到了我们身旁。

“我要是一做手势，你就给他一枪。”

她倚身向后，嘴角旁闪现出一丝可怕的微笑。我想她那丝微笑比我做的任何举动都更叫肯尼迪害怕。

“你就给他一枪。”

他拨通了电话后，有个家伙接了。“是你吗，威利？”

“是帕特吗？”

“是我。听着，已经全安排好了。你什么时候能带着那份材料过来？”

“按咱们说好的那样，明儿。”

“今儿晚上不成吗？”

“银行全关门！停止营业了，我怎么可能去打开保险箱呢？”

“好吧，那就按我说的办。明儿早上第一件事就是，把材料取出来，然后带着它上外边这儿来。我就呆在他这儿。”

“呆在他那儿？”

“听好了，威利，听明白这一点。他知道，非按咱们说的办不可，你知道？不过他又担心，如果那个女的知道他得交出那么一大笔钱，她是不会同意的，你明白吗？要是弗兰克离开，女的就会知道准是出了什么事，或许她会想着跟他一块儿去，所以咱们就在这儿把这事办了。我只装作是上他们汽车旅馆里来过一夜的客人，这样她就一点儿不会知道这件事了。明儿你过来也不过是我的一位朋友。我们把这事全安排好了。”

“他不走开，怎么把钱取回来呢？”

“这也全安排好了。”

“你究竟为什么要在他那儿过夜呢？”

“这可有一个道理，威利，因为他所说的关于那个女人的那一套也许只是一种借口，也许不是，你明白吗？但是如果我呆在这儿，他们就哪一个也跑不了，你明白了吗？”

“你这会儿说的话，他听得见吗？”

他望望我；我点点头，示意他说我听得见。

“他这会儿和我一块儿呆在电话亭里。我想让他听见我说的话，你明白吗，威利？我想让他知道咱们是认真的。”

“你这么做真够怪的，帕特。”

“听着，威利，你不知道，我不知道，咱们谁也不知道，他是否是老实的，但是也许他说的是实话，我现在给他一个机会。真见鬼，要是他乐意出这笔钱，那么咱们就得容着他点儿，是吗？就是这么回事。你按着我说的去做。明儿早上，你尽快带着那东西上这儿来，越快越好，你明白了吗？

因为我不想让那个女的起疑心，猜想我整天逗留在这儿干什么？”

“好吧。”

他挂断了电话。我走过去，又狠揍了他一下。“这一下是告诉你，他再打电话来的时候，不要胡乱说，你明白了吗，肯尼迪？”

“我明白了。”

我等了几分钟。不一会儿就有个电话打过来。我接的。肯尼迪拿起电话后，又对威利作了一些类似的交代。这一次，他说是他独自一人在接电话。威利总觉得情况不太对，但是他也不得不相信。打完电话后，我把肯尼迪押到了后面的一号棚屋里。科拉跟着我们一块儿来了。我接过了手枪。我把肯尼迪送进去后，立刻和科拉走出门，并亲了亲她。

“我亲你是因为遇到紧要关头，你能够快速行动。现在，你听着，我片刻也不离开他。今儿晚上，我整夜就呆在这儿。还会有其他的电话打来，咱们还得押着他进去接电话。我想你还是照常营业比较好。我是说啤酒花园。不要把随便谁带到里面来。这是因为万一他的同伙来窥探一下，你好有个准备，外表上照常营业。”

“好。还有，弗兰克。”

“什么事？”

“下次我要是再自作聪明的话，你就给我的下巴上也来一拳，好吗？”

“你这话什么意思？”

“咱们早该离开啦。现在，我明白了。”

“咱们决不离开。等打赢了这一仗再说。”

这时候，她亲了我一下。“我想我真是很喜欢你，弗兰克。”

“咱们会打赢的，别担心。”

“我不担心。”

我整夜都和肯尼迪呆在外边那儿，没给他一点儿吃的，也没让他睡上一会儿。有三四次，他全得去接威利打来的电话。有一次，威利还想和我说几句。根据我的判断，我们丝毫没有露出一点儿马脚来。肯尼迪每次接完电话，我总把他狠狠揍上一顿。这种活儿并不轻松，不过我的用意是，让他急切希望那份材料尽快送来。在他用一条毛巾把脸上的血擦去时，外面啤酒花园里却传来了收音机放的音乐声和顾客们的谈笑声。

下一天上午大约十点钟，科拉到后面来了。“我想是他们来了。他们一共有三个人。”

“把他们领到后面来。”

科拉拿起手枪，把它别在腰带里，这样你从正面就看不见。她走开了一会儿，我听见有什么东西倒下来。原来是肯尼迪的打手之一。科拉把那帮家伙押了过来，吩咐他们举起两手在她前面倒着走，其中有一个人脚跟撞在混凝土过道上摔倒了。我打开了门。“这边来，先生们。”

他们走了进来，仍旧举着两手。科拉跟着他们走进来，把手枪递给了我。“他们都带着枪，但是在餐厅里都给我缴了。”

“最好把枪全拿来，他们也许还有伙伴。”

她去了，没一会儿便把枪全拿来了。她卸掉弹夹，把它们全放在我身边的床上。然后，她搜查了他们一个个的口袋，很快就找到了那份材料。滑稽的是，在另一个封套里，装有所有的复印件，六张正片，一张底片。他们原打算一次又一次敲诈我们，但是到来的时候又毫无头脑地把复印件全都带在身边。我把复印件，连同原件拿到了外面，折成一团扔在地上，然后烧了个精光。烧完以后，我把灰踏进烂泥里去，又回到了屋里。

“好吧，伙计们，我来领你们出去。武器就全留在这儿啦。”

我把他们押到了外边他们各自的车上。然后，他们离开了，我又回到了屋里；科拉不在那儿。我又走到后面去，她也不在那儿。我上了楼。她呆在我们的房间里。“嘿，咱们赢了！是吗？这回把这些玩意儿彻底毁掉了，复印件和所有的一切。我本来一直也很担心。”

她什么也没说，两眼显得很古怪。“出了什么事，科拉？”

“这么说，是彻底毁掉了，是吗？复印件和所有的一切。不过你并没有把我彻底毁掉，我手里有一百万份复印件，和毁掉的那些一样有效。吉米·杜兰特[1]。我手里有一百万份，是不是也要受到羞辱呢？”

她放声大笑，猛地一下倒在床上。

“好吧，如果你就为了杀死我而蠢到准备去自投罗网的话，那么你当然有一百万份。你当然有。是一百万份。”

“噢，你这话并不对。我压根儿不必自投罗网，美妙之处就在这儿。卡茨先生没告诉你吗？等他们判完我不过是过失杀人后，就不能再把我怎么样了。这大概是宪法或是什么文件里规定的。噢，你这话并不对，弗兰克·钱伯斯先生。要绞死你对我一无损失。这就是你的下场，吊在空中，吊在空中！”

“究竟又是什么事让你不乐意啦？”

“你不知道吗？你的朋友昨儿晚上上这儿来了。她不知道我的情况，还在这儿过了一夜。”

“什么朋友？”

“和你一块儿上墨西哥去的那个娘儿们。她全都告诉了我。如今，我们是好朋友了。她认为我们还是做好朋友比较

---

① 二十世纪，美国著名的音乐喜剧演员，这儿借指弗兰克。

好。等她知道了我是谁后，她以为我会杀了她。”

“我有一年都没有上墨西哥去了。”

“唔，不错，你去过。”

她走出房；我听见她到了我的房间里。回来时，她抱回来一只小猫，不过那只猫比普通猫要大，皮毛是灰颜色，上边还有些斑点。她把它放在我面前的桌上；小猫开始喵喵地叫起来。

“你们不在的时候，美洲豹生下了小仔子。她给你送来了一只，好让你记住她。”

她向后靠在墙上，又开始大笑起来，一阵狂热的大笑。“那只猫又回来了！它踩在保险丝盒子上送了命。可现在，它又回来了！哈、哈、哈、哈、哈、哈！猫总叫你十分倒霉，这难道不可笑吗？”

第十五章

这时候，科拉完全垮了。她哭个不停。等她安静下来后，她走下楼去。我紧跟着她也下了楼。她正在把一个大纸板箱的顶口盖扯掉。

“我只是在给咱们的小宝贝做个窝，亲爱的。”

“你真好。”

“你以为我在做什么？”

“我刚才并不知道。”

“别担心。到了该给萨基特打电话的时候，我会告诉你的。别紧张。到时候你会需要使出全身的力气来。”

她把箱子里铺了些木屑，又在上面放了些碎呢绒，然后把箱子拿上楼，把小美洲豹放了进去。小豹子叫了一会儿就睡着了。我下楼去给自己调了一杯可乐。我刚把阿摩尼亚调好，她就来到了房门口。

“只是想喝点儿饮料，好让我保持住体力，亲爱的。”

“你真好。”

“你以为我在做什么？”

“我没以为你在做什么。”

“别担心，我要是准备悄悄溜走，我会告诉你的。别紧张，到时候，你也许会需要使出全身的力气来。”

她莫明其妙地望望我，就上楼去了。那一整天都是那样：我跟在她身后转，惟恐她会打电话给萨基特；她跟在我身后转，惟恐我会悄悄溜走。我们压根儿就没开门营业。在互相转悠之间，我们总坐在楼上的房间里，谁也不看上谁一眼，只是看着美洲豹。它总是喵喵叫。她就连忙下楼去，给它弄些牛奶来，我总紧跟着她。等小豹子把牛奶舔完，它就又睡过去。它太小了，还不大会玩。大部分时间它不是喵喵叫就是睡觉。

那天晚上，我们并排在床上躺下，一句话也没有说。我一定是睡着了，因为我又做了那些噩梦。这时候，我突然一下醒来，甚至在还没有完全醒来之前，就在往楼下跑。使我惊醒的，是拨电话的声音。她正呆在餐厅的分机旁边，穿戴整齐，身边的地板上放着一个装得满满的手提式筒状行李包。我夺过听筒，把它一下放在电话机上，随后抓住她两边肩膀，猛地把她从双开式弹簧门推进来，推她上楼。“上楼去！上楼去，要不我可要——”

“要不你可要怎么样？”

电话响了；我忙去接。

“是你的同伴，你先上楼去。”

“这儿是黄色出租汽车公司。”

“啊。啊，黄色出租汽车，我刚给你们挂过电话，不过我已经改变主意，不用车子了。”

“好吧。”

等我上楼以后，她正在把衣服脱去。我们又回到了床上，一声不吭地在床上躺了很长时间。后来，她开口说话了。

“要不你可要怎么样？”

“你问这干吗？也许是给你脸上一拳，也许是什么别的。”

“什么别的，是吗？”

“你到底想说什么？”

“弗兰克，我知道你干了些什么。你一直躺在那儿，琢磨着怎样把我杀了。”

“我一直在睡觉。”

“别向我撒谎，弗兰克，因为我也不想对你撒谎，我有件事想告诉你。”

我把她的话细细思量了好半天。因为这正是我一直在做的：躺在她的身旁，尽力琢磨着一条除掉她的办法。

“那么好吧，我是在琢磨着怎样除掉你。”

“这一点我知道。”

“你又比我好到哪儿去呢？你不是打算把我交给萨基特吗？那不是和我一样？”

“不错。”

“那么咱们就扯平了。又扯平了。又回到原先那样了。”

“并不完全一样。”

“啊，和原先一样。”这时候，我自己精神方面也有点儿垮掉了；我把头靠到了她一面肩上。“咱们的处境就是这样。不论咱们怎样欺骗自己，嘲笑那笔钱，并且大声嚷着，跟魔鬼同床共枕多么了不起，咱们还是原先那样。我当时跟那个女人一块儿走，科拉，我们是打算上尼加拉瓜去逮猫。我干吗没有溜走，因为我知道我总得回来。咱们俩是给拴在一块儿的，科拉。咱们原以为自己站到了大山的顶上。实际上，并不是那样的情形。相反的，是大山压到了咱们头上。自从那天夜里以来，那座大山就一直压在咱们的头上。”

“这是你回到我身边来的唯一原因吗？”

“不，是你和我的关系。并没有别人。我爱你，科拉。不过爱里边要是掺杂着惧怕，那就不再是爱，而是恨了。”

“这么说你恨我？”

“我也不知道。不过咱们这一次确实是在说真心话。这是一部分原因，应该让你知道。我躺在这儿想着，那才是真正的原因，这你已经知道了。”

“我刚才跟你说了，我有件事想告诉你，弗兰克。”

“噢。”

“我要有孩子了。”

“你说什么？”

“我去看我母亲前就有点儿疑心；母亲去世后，我很快就肯定自己是有了。”

“真没想到！真没想到！快过来，亲亲我。”

“不，请你别这样，这事我得跟你说说。”

“你不是已经说了吗？”

“我指的不是这个。你先听着，弗兰克。我在母亲家的那段日子里，一边等着葬礼结束，一边就想着这件事。想着有个孩子对咱们将意味着什么。因为咱们不是刚夺走了一个人的生命吗？如今咱们又找补回一条来。”

“这话对。”

“我心里所想的全都搅和到了一块儿。可是如今，在你和那个女人发生了那事以后，我心里已经不再乱了。我不能打电话给萨基特，弗兰克。我不能打电话给他，因为我不能生下这个孩子，又让他知道，是我让他父亲因为谋杀罪而给绞死的。”

“这么说，你本来是准备去找萨基特的。”

"不，我没有，我是准备离开的。"

"你不准备去找萨基特，这是唯一的原因吗？"

她过了好一会儿才回答。"不，我爱你，弗兰克，我想这一点你是知道的。不过也许，要不是为了这个原因，我可能早就去找他了。正由于我爱你。"

"我一点儿也不喜欢那个女人，科拉。我告诉过你我为什么那么做，我当时是想逃走。"

"这我知道，我一直知道这一点。我知道你为什么想带着我走。我过去说你是个流浪汉，这话我说的时候并不相信。我知道你喜欢流浪，不过那并不是你想离开这儿的原因。你是个流浪汉，我就为了这一点爱你。我恨那个女人，就因为你没有告诉她一件跟她毫无关系的事，她就让你轻松愉快。然而，我就为了你和她的那件事又想毁了你。"

"是吗？"

"我在试着把心里的话对你全说出来，弗兰克。这就是我想要说的。我本来想毁了你，但是我又不能去见萨基特。这倒不是因为你一直看着我，我完全可以跑出这所房子上他那儿去。主要是因为像我告诉你的那样。嗐，不说啦，我已经摆脱了魔鬼，弗兰克。我知道我决不会再打电话给萨基特了，因为我曾经有机会那么做，也有理由那么做，可我并没有做，因此魔鬼已经离开了我。但是他已经离开了你吗？”

“要是他已经离开了，那么我跟他还有什么关系呢？”

“这一点咱们眼下还说不准。除非你也有了机会，和我一样的机会，要不咱们永远也说不准。”

“我肯定地告诉你，他已经离开了。”

“在你琢磨着怎样除掉我的时候，弗兰克，我也琢磨着同样的问题，琢磨着你用什么方法可以除掉我。你可以在游泳的时候除掉我。咱们向水深的地方走去，就像咱们上次那样。倘使你不想要我回来，你就不用让我回来。谁也不会知道的。那只不过是海滩上经常发生的事。明儿一早，咱们就去。”

“明儿一早，咱们要做的事就是结婚。”

“要是你想结婚，咱们可以就结婚，但是回来之前，咱们先去游泳。”

“游个鬼的泳，快过来亲亲我。”

“明儿夜晚，倘使我回来的话，会让你亲上许多次。那将是甜蜜的吻，弗兰克。不是喝得醉醺醺的吻；是带着美梦的吻，是来自生命的吻而不是死亡的吻。”

“一言为定。”

我们在市政厅结了婚，然后上海滩去了。她当时显得那么妩媚，我只想和她在沙滩上玩耍，可她脸上流露出那种淡淡的微笑。过了一会儿，她站起身，向拍击的浪花走去。

“我下水去了。”

她径直往前走；我跟在她后面游去。她不停地往前游，比以前游出去的距离要远得多。随后她停下，我赶上了她。她在我身旁晃动，握住我的手。我们互相对望。这时候，她知道魔鬼已经远离开了，我是爱她的。

“我告诉过你吗，我为什么喜欢让两脚随着海浪起伏？”

“没有。”

“因为这样海浪会把它们托起来。”

一个大浪汹涌而来，把我们托得很高。她把一只手放到乳房上，让我看海浪如何把乳房掀起。“我喜欢这样。它们大吗，弗兰克？”

“我今儿晚上再告诉你。”

“我觉得它们很大。我还没有告诉你，怀孕不仅使你知道自己这就要创造出另一个生命来，还使你的身体也起了变化。我感到自己的乳房大了许多，真想你来亲亲它们。很快我的肚子也会大了起来。我会很乐意的，希望大伙儿全都能看见。这是生命。我已经可以感觉到它在里面了。这对咱们俩说来，都是一个新生命。弗兰克。”

我们开始往回游。在游回来的路上，我潜身下去，我潜下去九英尺。这一点我根据压力就能判断出来。那些深潭大半都是九英尺，这一个也是如此。我把两腿急速地并在一起，继续往下潜，水猛击在我的耳朵上，以致我以为耳朵会裂开来。但是我用不着游上来。水对肺部的压力促动了血液中的氧气，因此有几秒钟你根本用不着考虑呼吸。我望着周围碧绿的海水。耳朵嗡嗡响着，背部和胸部承受着那股压力，我当时似乎觉得自己生命中的全部邪恶、卑鄙、怠惰和无关紧要的东西全都被挤压出去，冲洗掉了。我已经完全准备好，要和科拉干干净净地重新开始，就像她说的那样，开始过一种新生活。

我游上来时，科拉呛着了，正在咳嗽。“只是怀孕期间常见的一次反应罢了。”

“你没事吧？”

“我想没什么。胃里泛上一阵，一下就过去了。”

“你有没有咽下几口水？”

“没有。”

我们又游了一小段路；她又停下了。“弗兰克，我肚子里感到很古怪。”

“来，紧紧握着我。”

“啊，弗兰克，也许我刚才过分使劲儿了。我只想把头保持在水面上，这样好不咽下一些海水。”

“别紧张。”

“那会很不好受吗？我听说过有些女人就因为过分劳累而流产了。”

“别紧张。平躺在水里，别尽力去游，我会把你拖上海滩的。”

“找个救生员来是不是更好点儿？”

“天啊，用不着。那个小家伙会使你的腿忽上忽下。现在就静静躺在水里，我会比他更快地把你拖上岸。”

她躺在水里，我抓住她游泳衣的肩带拖着她。没一会儿，我也开始有点儿支撑不住了。我可能拖着她游了一英里，但是我不停地想着，得尽快把她送到医院去。这一来，我就加快了速度。在水里，你一加快速度，肯定就要沉下去。不过没一会儿，我就站稳了。接着我就抱起她来冲过了激浪。“别动，让我来抱你上去。”

“好。”

我抱着科拉跑到我们放套衫的地方，把她放下。我从自己套衫的口袋里取出了汽车钥匙，然后用两件套衫裹住她身子，把她抱向汽车去。车子停在前面大路的边上，而大路在海滩上面，我不得不登上很高的堤岸，才能走上大路。我两腿异常乏力，几乎迈不开步子来，但是我还是紧紧抱着她。我把她放进车里后，发动起车子来，急速驶去。

我们是在圣莫尼卡前面两英里的地方游泳的；那儿附近有一家医院。我超过了一辆大卡车。卡车后面有这样一面牌子，写着：**“请按一下喇叭，就给你让路！”**我使劲儿按喇叭，可它仍旧在路当中行驶，不肯让。我又无法从左面超车，因为有一长列汽车正迎面朝我驶来。我朝右面驶去，并踩了加速器。只听见科拉尖叫了一声。我压根儿没有看见路边的电缆管道墙，只听见轰隆一声，眼前就一片漆黑。

等我醒过来时，我发现自己给夹在方向盘旁的下面。背部朝前。我立刻呜咽起来，因为我听见了那种可怕的声音。那就像是雨点打在铁皮屋顶上的，实际上并不是，而是科拉的血大量淌下来，打在发动机的罩子上。她人已经从挡风玻璃上冲了出去。汽车喇叭还在响着；人们纷纷跳下车子向她跑来。我把她扶起，想把血止住，一面不停地对她说话，哭喊着亲吻她，可我的吻她丝毫也没有感觉到。她已经死了。

第十六章

他们为这件事把我拘留起来。这一次，卡茨把钱全拿去了：他替我们赢来的那一万元，我们自己赚来的钱，以及酒馆的房契。他尽力替我辩护，但是他从一开始就处于下风。萨基特说我是一只疯狗，只有把我清除掉，才能保证社会上群众的生命安全。他把这次罪行的前前后后全都设想好了：我和科拉为了得到那笔保险金，杀死了希腊人，然后我和科拉结了婚，接着又把她杀了，这样好独吞那笔钱。当她知道我和另外那个女人去了一趟墨西哥后，科拉的死也就加快了节奏。这就是全部经过。萨基特拿到了验尸报告。报告说明科拉已经怀孕了。他说这也是原因之一。他把马奇送上了证人席。她讲述了那次墨西哥旅游。马奇其实并不想说什么，但是她非说不可。萨基特甚至把那头美洲豹也带到了法庭上。它已经长大了许多，不过由于没有受到正当的照料，因此看上去十分肮脏，病病歪歪的。它嚎叫起来，想咬萨基特，看上去十分讨厌。真个的，它对我实在并没有什么好处。但是真正坑了我的，是科拉打电话叫出租汽车前给我留下的那张便条。她把它放在现金出纳机里，好让我早上看到，后来又把这事忘了。我根本没有见到那张便条，因为我们去游泳前并没有开门营业。我甚至压根儿就没有去看现金出纳机。那张便条写得极为温柔亲热，不过同时也提到了我们杀害希腊人的事，这一来就毁了我。在法庭上，他们为这件案子辩论了三天；卡茨搬出洛杉矶县所有的法律条文来，和他们辩论，但是法官认为罪名成立，也就使得我们杀死希腊人的罪名也成立了。萨基特说，这确定了我是有动机的。有了动机，再加上我又是一只疯狗，也就没有什么好辩论的了。卡茨根本没有让我出来作证。我又能说什么呢？说我没有杀她，因为杀死希腊人给我们带来的所有麻烦，我们已经全解决了吗？那可太妙了！陪审团离开了五分钟。法官说，他对如何处置我的考虑会和如何处置其他疯狗的考虑完全相同。

这样，我现在就到了死囚牢房里，把这份陈述的最后部分写完。到时候，麦康奈尔神父可以从头到尾看上一遍，给我指出标点符号和其他方面可能有哪些需要稍加订正的地方。如果法官判我缓期执行，他就可以把我写的东西保管起来，等着看下一步会怎么样。如果我获得减刑，他就把它烧了，这样人家就永远也不会从我告诉他们的情况中知道，到底是不是真有一场谋杀。但是如果他们处死我的话，那么他就去找找看是否有人愿意把我的陈述印出来。然而，没有什么缓期执行，也没有什么减刑，这一点我知道。我从不哄骗我自己。不过到了这地方，你好歹总抱着一线希望，就因为你别无他法。我始终没有供认过什么，这是一个方面。我听人说过，只要你不供认，他们就决不会绞死你。我也说不准。除非麦康奈尔神父祈求上帝保佑我，要不他们永远也不会从我这儿知道什么事情。或许他们会判我缓期执行。

我这会儿感到有点儿迷糊，心里一直在想科拉。你认为她知道我并没有谋杀她吗？经过我们在海里说的那一番话后，你会想着她会知道的。不过最糟的是，你一旦谋杀过人，那就难说了。也许，撞车的那当儿，她脑子里还是闪过了是我杀害了她的这个念头。正因为这样，我才希望自己还有一个来生。麦康奈尔神父说我会有的。我想在来生再见到她。我想要她知道我们彼此告诉对方的话，全都是真心诚意的，我并没有杀害她。她身上有点儿什么使我对她那么迷恋呢？我也不知道。她想要一件什么，极力想取得它。她用尽了所有错误的方法，不过她倒是尽力了。我也不知道是什么使她对我那么倾慕，因为她很了解我。她曾经多次对我说过我这人不中用。除了她以外，我从来没有真正渴望过什么，不过这也是一个不小的奢望。我想就连让人渴望，这对一个女人来说，也是不常有的。

七号牢房里关着一个杀了自己兄弟的家伙。他说实际上并不是他干的，是他的下意识干的。我问他这是什么意思。他说你有两个自我，一个你知道，一个你不知道，因为它是下意识的。这使我大为震惊。我是不是真的杀死了科拉，自己又不知道呢？全能的上帝啊，这我可无法相信！我没有想要杀死她！而且我还十分爱她，我告诉你，替她死我也愿意！让下意识见鬼去吧。我可不相信这一套，这全是胡说八道，是这家伙编出来，好哄骗法官的。你知道自己要干什么，然后才去干的。我没有想要杀死科拉，这我知道。要是有天我再见到科拉，这就是我要告诉她的话。

我这会儿感到稀里糊涂。我想他们一定在食物里下了麻醉剂，这样你不会想到自己面临的绞刑了。我试着不去想。只要我能不去想，我就感到自己又和科拉到了海水里，头上是那片天空，四周全是海水，我们一块儿谈论着自己会多么幸福，我们的幸福会多么持久不变。我想跟她呆在一块儿的时候，自己已经越过了那条川流不息的大河。那就是来生似乎很真实的时候，用不着麦康奈尔神父设想出的所有这一套来生的废话。当我和科拉呆在一块儿时，我就相信来生。当我想到眼前时，一切全都出了毛病。

并没有缓期执行。

他们这会儿来了。麦康奈尔神父说，祈祷是会有帮助的。倘使你已经读到了这儿，就替我和科拉祈祷一下吧，祈祷我们不论到了哪儿都会永远厮守在一块儿。

译后记

二十世纪二三十年代，美国兴起了一派严格写实的通俗小说。这一派作家一般都刻画精细、行文简洁，而他们的作品大多是暴露社会上种种阴暗面的凶杀、通奸等犯罪小说。在这派小说家中，詹姆斯·M·凯恩跟达希尔·哈米特（Dashiell Hammett，1894—1961）和雷蒙德·钱德勒（Raymond Chandler，1888—1959）一起，均被公认为大师。

詹姆斯·M·凯恩于1892年生在美国马里兰州。父亲是当地华盛顿学院的院长；母亲是一位歌剧演员。凯恩大学毕业后又攻读了研究生，于1917年毕业。当时正值第一次世界大战期间。他于是投笔从戎，到美国远征军中服役，成为第七十九师报刊的编辑。大战胜利后，他复员回国，先后在《巴尔的摩美国人报》和《巴尔的摩太阳报》编辑部工作，1924 年又成为圣约翰学院的新闻学教授。同年，他还成了新闻评论家李普曼主持的《纽约世界报》的社论撰稿人，所以他后来常说自己是一个新闻工作者，只附带写写小说。1932 年前后，他觉得东部的环境跟自身不大合适，于是迁居到了好莱坞，在南加州一直居住到 1947 年，为好莱坞写了一些电影剧本，但是并不十分成功。他的第一部小说《邮差总按两遍铃》在 1932 年发表后，立即轰动一时，成为一部不胫而走的畅销书。

《邮差总按两遍铃》最初创作时，书名原为《水灵灵的娘儿们》，后改为《邮差总按两遍铃》。它出版后不久，就被改编成电影剧本，并于 1946 年拍成电影，男女主角分别是当时的大明星拉娜 · 透纳和约翰 · 加菲尔德。三十余年后，1981 年，好莱坞第二次又将它拍成电影，主演的明星是杰克 · 尼科尔森和杰西卡 · 兰格。两部电影都很成功，都被列入今日好莱坞的经典名片之中。

这部小说的情节据说大体上取自当时的一起真实案件。

全书用一个被判了绞刑的杀人犯临刑前在牢房里写下的忏悔书的形式贯串始终。故事相当简单：一个流浪青年弗兰克到公路旁的一家小餐馆去打工，看上了餐馆主人的年轻放荡、眉目传情的妻子科拉，并和她私通。两人于是策划以伪造车祸的形式杀害了店主，接着在律师的协助下，他们不仅逃脱了法律制裁，还领到了死去店主为自己投的保险金。后来，科拉在一起真正的车祸中不幸丧生；具有讽刺意味的是，弗兰克竟然为了这起车祸而被判绞刑。本书故事虽然简单，但当时出版后却因为某些段落被认为写得过于露骨，而在加拿大境内和波士顿遭到取缔，并引起了一场诲淫的诉讼，被认为是一部宣扬色情与暴力的作品。

凯恩不同意被人家说成是严格写实派作家。他说，"我并不属于什么派别，严格写实也好，不严格写实也好。"他还说：

> "我并没有有意识地着力写得老辣粗暴或冷漠无情，或者像有些人提到我时常讲的那样。我只是按照人物本身所会写的那样去写；我也从没有忘却，一般人，

从田野、街道、酒吧、办公室，甚至贫民区来的人们，都有一种生动活泼的语言。这是我绝对创作不出来的。我认为只要我坚守着这一传统，坚守着美国乡村地区的这种理念，那么我就会轻而易举地取得最大的效果。”①

凯恩的文体简明扼要，十分有力。他一般总喜欢用第一人称叙述，总避免说教，他的人物往往是自我毁灭的，他笔下的男人总受到女人的支配。评论家哈·斯特劳斯（H·Strauss）曾经说过："这部小说的篇幅只有大多数小说的三分之一。它的成功完全是由于一点：凯恩用极为简练的语言就写出了贪婪与性欲的基本冲动。”

1947年，凯恩第四次结婚后，又回到了东部，在马里兰州的海茨维尔定居下来，继续写作。他于1977年去世，当时他正在写他的自传。凯恩一生写有十八部小说，但是除了《邮差总按两遍铃》以及也曾拍成电影的《双重赔偿》（1936）、《小夜曲》（1937）和《米尔德里德·皮尔斯》

① 引文见凯恩的小说《双重赔偿》的序言。

（1941）外，其他的作品都不十分成功。《邮差总按两遍铃》已被收入《现代文库》所选的二十世纪一百部最为杰出的小说之中；1974年，美国推理小说家协会授予凯恩推理小说大师奖（the Grand Master Award）。

还有一件事也应该提一下。在法国，凯恩被认为是美国当代最重要的作家之一，因为法国当代著名作家、诺贝尔文学奖获得者（1957）阿尔贝·加缪（Albert Camus，1913—1960）曾经公开承认，他的代表作《局外人》就是在阅读了凯恩的《邮差总按两遍铃》后获得灵感而写成的。可以这么说，如果没有《邮差总按两遍铃》，也就没有《局外人》。

主　万

2002年6月

图字：09－2010－090 号

图书在版编目(CIP)数据

邮差总按两遍铃／(美) 詹姆斯·M.凯恩(James M. Cain)著；主万译. —上海：上海译文出版社，2022.10 (2025.4 重印)
(译文经典)
书名原文：THE POSTMAN ALWAYS RINGS TWICE
ISBN 978－7－5327－9060－9

Ⅰ. ①邮… Ⅱ. ①詹… ②主… Ⅲ. ①中篇小说－美国－现代 Ⅳ. ①I712.45

中国版本图书馆 CIP 数据核字(2022)第 152351 号

邮差总按两遍铃
〔美〕詹姆斯·M.凯恩／著 主 万／译
责任编辑／龚 容 装帧设计／张志全工作室

上海译文出版社有限公司出版、发行
网址：www.yiwen.com.cn
201101 上海市闵行区号景路 159 弄 B 座
山东临沂新华印刷物流集团有限责任公司印刷

开本 787×1092 1/32 印张 7.25 插页 5 字数 78,000
2022 年 11 月第 1 版 2025 年 4 月第 3 次印刷
印数：11,001—14,000 册

ISBN 978－7－5327－9060－9
定价：58.00 元